LA SUA TATA VERGINE

IL PATTO DELLE VERGINI - 2

JESSA JAMES

La Sua Tata Vergine: Copyright © 2019 di Jessa James

Tutti i diritti riservati. Nessuna parte di questo libro può essere riprodotta o trasmessa in alcuna forma con nessun mezzo elettronico, digitale o meccanico, incluse, ma non solo, attività quali fotocopie, registrazioni, scanner o qualsiasi altro tipo di raccolta di dati e sistema di reperimento di informazioni senza il permesso esplicito e scritto dell'autore.

Pubblicato da Jessa James,
James, Jessa

La Sua Tata Vergine

Original English Title Spoil Me Daddy: Copyright © 2017 by KSA Publishing Consultants, Inc.

Cover design copyright 2017 by Jessa James, Author
Images/Photo Credit: Stocksy: Julien L. Balmer

Nota dell'editore:
Questo libro è stato scritto per un pubblico adulto. Questo libro potrebbe contenere scene sessuali esplicite. Le attività sessuali incluse nel libro sono pure fantasie per adulti e ogni attività o rischio corso dai personaggi della finzione nella storia non è né approvato né incoraggiato dall'autore o dall'editore.

INFORMAZIONI SU LA SUA TATA VERGINE

Una volta non sapevo cosa volessi.

Poi ho conosciuto Mary, la tata di mia sorella. Lei non si comportava, parlava o sembrava innocente. All'improvviso, ho smesso di preoccuparmi della nostra differenza di età. Quindi, sono un po' più grande. Significa solo che so prendermi cura di lei come dovrebbe fare un vero uomo. Mary è bellissima, è intelligente, ha reso abbastanza chiaro che le piaccio...

È tempo di farla mia.

CAPITOLO PRIMO

abe

Non avevo nemmeno oltrepassato la soglia di casa del mio migliore amico che il mio uccello era già duro. Non era a causa sua. Non c'era solo Greg ad aspettarmi, ma, con lui, anche due ragazze. Una era la sua nuova fiamma, Jane. E, sebbene fosse carina, era la sua amica a farmi sentire come un ragazzino che vedeva un paio di tette per la prima volta. Non solo attirava la mia attenzione, ma anche quella del mio uccello.

Quando Greg mi aveva detto che aveva in mente qualcuno che potesse fare da babysitter a mia nipote, mi ero immaginato un'adolescente disadattata in preda ai disastrosi effetti della pubertà. Non erano forse così le babysitter nei film, con tanto di occhiali, frange e fronte piena di brufoli?!

Guardai *lei* - Mary - dalla testa ai piedi. Sì, aveva la frangia, ma i suoi occhi color smeraldo non erano coperti da occhiali, e ogni centimetro della sua splendida pelle sembrava impeccabile. Non sembrava nemmeno che indossasse trucco, tanto era naturale, eppure riusciva a far impazzire gli uomini. O Almeno riusciva a fare impazzire me.

Sbattei le palpebre un paio di volte e guardai istantaneamente quelle tette taglia coppa D. Non era mia intenzione, ma puntavano dritto verso di me. Quando sollevai la testa, intravidi le labbra di Mary incurvarsi leggermente in un piccolo sorriso. Ero bravo a decifrare le persone; le piaceva il modo in cui la stavo guardando. Il modo in cui stavo reagendo soltanto nel vederla. Dovevo contenermi, lo sapevo, ma non riuscivo a controllare l'impulso di guardarla con desiderio. Quello che volevo *davvero* era *toccarla*, baciarla, assaggiare quella pelle cremosa, farle arrossire le guance mentre l'avrei fatta gemere per l'eccitazione, riempiendola con il mio uccello e guardando le sue curve rimbalzare mentre avrei spinto con forza in profondità. Dio, ero fregato e non avevo nemmeno attraversato la soglia di casa.

Ero un animale nel pensare a lei in quel modo, ma era bellissima, con il suo viso ovale e gli zigomi alti... e anche sexy, con le gambe snelle, un culo sodo e un davanzale prosperoso. Aveva i capelli lunghi e scuri, quasi neri, che le incorniciavano il volto perfetto, le labbra rosa imbronciate e gli occhi verdi che scintillavano di innocenza e desiderio allo stesso tempo. Il suo aspetto mise tutto il mio corpo in allerta, il mio cazzo divenne duro come la pietra.

Quella era una donna che avrei potuto proteggere, alla quale avrei potuto, con immenso piacere, insegnare tutto sul mondo del sesso, del calore e del godimento che toglie il fiato. Non avevo dubbi che fosse innocente. Poteva essersi scopata un ragazzo alle superiori, ma ero sicuro che non fosse mai stata con un uomo. Di solito, con la maggior parte delle donne, dovevo scegliere tra innocente oppure sexy. Non potevo avere entrambe le cose. Ma Mary? Lei era la perfezione. La volevo.

Cosa fra l'altro stupida. Aveva diciott'anni. Era la miglior amica di Jane. Era la fottuta babysitter. E così, su due piedi, mi sentii un idiota. Un vero coglione. Eppure, ero in preda a un film mentale o qualche cazzata del genere, perché sarebbe stata mia. Maria era mia, semplicemente non lo sapeva ancora.

"Ehi amico, stai bene?" Le parole di Greg mi riportarono sulla terra.

"Sì," mi ripresi velocemente da quel sogno ad occhi aperti misto a salivazione. "Allora, tu sei Mary?"

I nostri occhi rimasero incollati - i miei, azzurri, incontrarono i suoi, verdi. Mi guardò col labbro inferiore leggermente all'infuori, le sue braccia erano conserte sotto il suo seno. Con quell'ulteriore sostegno la sua scollatura divenne più profonda, e così fece anche il suo sorriso. Non sapevo quale dei due guardare.

"È un piacere conoscerti..."

"Gabe", fu la mia risposta gentile, mentre allungai il braccio per stringerle la mano.

"Oh, sei troppo formale", rispose Mary. Fece un passo e poi due verso di me, spalancando le braccia e abbracciandomi. Ero troppo sorpreso di abbracciarla, troppo preso dal contatto col suo seno che premeva contro il mio petto.

"Non dirmi che abbracci i tuoi insegnanti in quel modo!" Dissi in tono canzonatorio. Quando si staccò, alzò un sopracciglio e si voltò verso Greg. Lui insegnava educazione civica lì vicino, in una scuola privata per ragazze, e Mary era stata sua allieva. Si era appena laureata e voleva guadagnare qualche soldino extra prima dell'inizio del college in autunno, e il caso volle che io stessi cercando una baby-sitter.

Avevo promesso a mia sorella che mi sarei preso cura di Ashley, la sua bambina di due anni, durante la sua missione di sei mesi in Medio Oriente, ma anche io avrei dovuto lavorare. E, essendo un architetto, i cantieri non erano esattamente il posto in cui portare una bimba di due anni. Quando lanciai un'occhiata a Mary, non potei fare a meno di pensare che fosse stata mandata dal paradiso. Non solo aveva l'aspetto di un angelo, ma lo era in tutto e per tutto. Non avrei combinato nulla senza una baby-sitter. Adoravo mia nipote, ma non potevo stare con lei ventiquattr'ore su ventiquattro. Inoltre, non avevo alcun istinto materno.

"Qualcuno ha fame? Io troppa!", esclamò Jane. Greg aveva trovato in lei la sua metà, e dall'espressione soddisfatta sul suo viso si capiva che l'avrebbe messa al suo posto: sotto di lui. O forse sui suoi addominali. O a novanta. Non ero interessato a Jane, quindi il mio pensiero volò a Mary in quelle posizioni. Con me.

"Per caso Greg ti ha fatto stancare? È per questo che hai fame?" Mary stuzzicò la sua amica e io mi sentii soffocare, sciocccato. Sì, avevo avuto pensieri simili, ma sentire quelle parole dalla dolce Mary?!

Spostai lo sguardo da Jane a Greg ripetutamente, e potei vedere le guance di Jane iniziare a diventare rosse. Era il tipo di battuta che mi piaceva fare a Greg costantemente, ed era esattamente il motivo per cui eravamo amici. Il fatto che Mary partecipasse a quel divertimento la rese doppiamente interessante. Speravo solo di far arrossire *lei* così.

Non potevo fare a meno di fissare quella ragazza... o meglio, donna. Donna – ecco cosa intendevo. Per due diciottenni, Mary e Jane sembravano mature, adulte - in modo *estremamente* piacevole. I loro vestiti erano stretti, abbracciavano seni pungenti e culi stretti, ma Mary mi dava la mazzata finale con un sorriso scintillante che faceva balzare il mio cazzo. Cosa per niente piacevole, almeno non in quel momento. Non sulla veranda di Greg. Ma se un uomo non le avesse fissate sarebbe stato probabilmente gay. Non c'era da meravigliarsi che Greg fosse pazzo di Jane, e che ogni volta se la portasse a letto.

Quando mi aveva detto per la prima volta di avere una cotta per una diciottenne, lo avevo preso per il culo. Greg era bello e sapeva come fare colpo. Era anche un avvocato, o almeno lo sarebbe stato una volta superato l'esame di Stato. Era una bella conquista. Le donne della sua età sfoggiavano tutta la loro bellezza davanti a lui, ma, secondo lui, c'era qualcosa in Jane, qualcosa che davvero lo aveva coinvolto in una relazione seria. L'ultima volta che ci avevo parlato aveva accennato al matrimonio, il che era pazzesco. Non aveva ancora chiesto nulla a Jane, ma lei si era praticamente trasferita da lui. Di solito la sua famiglia viaggiava per il mondo, quindi dedicare il suo tempo a Greg sembrava essere un'ottima scelta. E se avessi avuto una donna come lei nel mio letto ogni notte...

"Sei solo geloso di non avere una ragazza figa e giovane... e del buon sesso tutte le volte che vuoi", rispose Greg. Sì, mi aveva letto nella pensiero.

"Ben detto, amico." Gli diedi una pacca sulla spalla. "Ci hai preso in pieno. Niente sesso a comando, e ci ho dato un taglio col sesso occasionale."

"Mhmm..." La mia testa si spostò per guardare a chi appartenesse quella voce delicata. Mary mi stava guardando con un curioso sopracciglio alzato prima di increspare le labbra in un piccolo sorriso. Poi distolse lo sguardo e avvolse un braccio attorno a quello di Jane, la quale disse:

"Ho sentito che mangeremo bistecche, ti do una mano."

"E' tutto pronto" le disse Greg. "Devo soltanto cuocere le bistecche. Venite pure."

Greg e Jane, mano nella mano, ci condussero verso la cucina.

Mary disse: "La ringrazio per avermi invitato a cena, Signor Parker. La sua casa è bellissima."

"No, sono io che ringrazio *te*", fu la sua risposta prima che mi guardasse per un secondo. "Farai un grande favore a Gabe, badando a sua nipote quest'estate."

"Nessun problema, *adoro* i bambini", rispose lei, con un tono soave, mentre incontrava i miei occhi. "Quante volte dovrei tenerla?"

Prima che potessi aprire bocca per parlare, Greg si intromise velocemente: "Prima che cominciate a parlare di lavoro e a diventare noiosi, mangiamo. Patate e insalata sono pronte e la bistecca arriverà tra qualche minuto."

Dopo una serie di cenni, noi tre ci sedemmo. Mi sedetti accanto a Mary, le nostre gambe si toccavano sotto il tavolo, e non potei controllare l'improvviso senso di agitazione dentro di me.

Dannazione.

Dannazione. Dannazione. Dannazione. Ero nei guai. Il mio uccello, pressatissimo, stava per prendere l'impronta della cerniera solo perché le nostre cosce si toccavano.

Non pensai ad altro per tutta la cena. Quando Mary si legò i capelli color ebano in una coda di cavallo, mostrando la sua nuca, non potei fare a meno di trattenere il respiro. Facevo del mio meglio per rimanere il più tranquillo possibile. Quando Mary aprì le sue labbra carnose e rosse per dare un morso alla bistecca, usai tutta la mia forza di volontà per non chiedermi come sarebbero state intorno al mio uccello. Quando partecipò alla conversazione con la sua voce leggera e femminile, scoprii che era intelligente, spiritosa e bella. Tutto di lei mi interessava - volevo solo sperimentare di più. *Cazzo*, volevo assaggiarla. Tutta lei.

"Com'è la sua bistecca?" Chiese.

Per cortesia e per un piccolo spintone del mio uccello, la guardai, più che altro, in realtà, la fissai. Le sue labbra si incurvarono in un piccolo sorriso, e si voltò in modo che la parte superiore del suo busto si piegasse verso di me. I miei occhi si abbassarono per guardare la sua scollatura. Non riuscii ad evitarlo. Ero solo un uomo e, cazzo... era seducente e più che prosperosa. Strinsi i pugni per trattenermi dallo stringerle i seni e sentire quanto fossero pesanti, vedere come traboccavano sulle mie dita. Quando rialzai lo sguardo per guardarla in viso, il suo sorriso si era trasformato in un sorrisetto curioso. Era come se mi stesse prendendo in giro.

Non c'era dubbio che stesse flirtando. Avevo già avuto a che fare con donne che cercavano di attirare la mia attenzione; conoscevo la maggior parte dei loro escamotage e sembrava che Mary stesse giocando a quello stesso gioco. Scossi leggermente la testa.

Non volevo pensarci troppo. Aveva diciott'anni.

Quando avevo diciott'anni, ero un ragazzino goffo e allampanato che non sapeva flirtare. Le ragazze di allora erano uguali. Eravamo tutti ingenui e non sapevamo quasi nulla su come attirare il sesso opposto. Dal suo aspetto, invece, Mary non aveva problemi nel catturare la *mia* attenzione. Cazzo, non sarei riuscito a dimenticarla. No, il suo profumo, i suoi occhi, le sue curve erano impresse nel mio cervello. Aveva me e il mio uccello in pugno.

"Gabe?" disse il mio nome poiché non le avevo ancora risposto.

"È ottima. Vuoi un morso?"

Automaticamente tagliai la mia carne, infilzai la piccola

porzione e la tenni proprio davanti alla sua bocca. Vidi il modo in cui i suoi occhi si spalancarono al mio gesto, la sorpresa era dipinta sul suo volto. Guardandola, non riuscivo a staccarle gli occhi di dosso. Dai suoi zigomi alti fino alle labbra carnose, tutte le sue parti si completavano a vicenda per formare un capolavoro. Alla fine, si sporse in avanti, aprì le labbra e assaggiò la mia bistecca. Quando la carne al sangue le toccò la lingua, chiuse gli occhi, gustandosi il sapore, prima di aprirli di nuovo. Oh, cazzo, il suono che fece. Un po' un gemito, un po' un sospiro, volevo che lo facesse di nuovo, ma solo se fosse stata vicino al mio cazzo.

Quella era un'introduzione a un cazzo di video porno.

Soprattutto per il modo in cui appariva e si muoveva - femminile, giovanile e tuttavia calcolatrice - era difficile non volerne sapere di più. Non si comportava né parlava né assomigliava a una diciottenne. Al mio cazzo non importava della sua età. Era legale, era bellissima, era intelligente, le piacevo. Lei era mia.

Durante la cena, la conversazione si fece più fitta, divenne più leggera e più informale, stavo iniziando a vederla come una persona che non si lasciava condizionare dalla sua età. Parlava dei suoi progetti futuri; avrebbe studiato Scienze dell'Educazione per diventare un'insegnante di scuola materna. Era un intento nobile, e mi resi conto di voler sapere tutto su di lei. Non era solo la studentessa cattolica bellissima e sexy che faceva indurire il mio cazzo, anche se il pensiero di lei nella sua gonna a quadri stava facendo dolorosamente spingere il mio cazzo contro la cerniera dei miei jeans.

Era un essere umano complesso che desiderava di più del vivere semplicemente per inerzia. Aveva speranze e sogni, stava per trasferirsi dall'altra parte del paese per andare al college.

"Sei pronta per il grande passo?" le chiesi. Jane era appena tornata dalla cucina per prendere la cheesecake alla fragola dal frigorifero. Tagliò una fetta per ciascuno, ci passò i piatti, poi si sedette accanto a Greg. Tutti gli occhi si girarono verso Mary.

"Mm..." C'era un pizzico di esitazione nella sua voce. "Non proprio. Onestamente, non voglio trasferirmi, vorrei andare al college qui vicino, ma mia madre continua a dirmi che un college con un indirizzo specifico è il migliore per una laurea in scienze dell'educazione. E pagherà per i miei studi solo in quel college".

Mi accigliai. "Sono sicuro che puoi parlarle", suggerii, distendendo le mie labbra in un caloroso sorriso che lei ricambiò. Sua madre era una stronza se davvero stava imponendo alla figlia la scelta del college. Negarle i soldi per ogni altra università? Quello era un ricatto.

Non volevo vederla triste e quella conversazione le stava chiaramente rovinando l'umore. Decisi di cambiare argomento. "Sono molto contento di aver trovato te per tenere Ashley. Giuro che è a modo ed educata."

Mary scosse velocemente la testa, ovviamente in disaccordo con quello che avevo appena detto. "Ha due anni. Non dovrebbe comportarsi sempre bene. Non è affatto un problema. Lo giuro. Adoro i bambini e ho già pensato di portarla in alcuni parchi e al museo della scienza. Sono sicura che avrò anche il tempo di portarla allo zoo."

"Lascia lo zoo per il fine settimana", dissi subito. "Andremo insieme, tutti e tre."

Non passarono inosservati i sorrisetti furbi che affiorarono sui volti di Jane e Greg. Il mio amico mi guardò e inarcò un sopracciglio. Sì, ero cotto, proprio come lui. No, speravo di riuscire a scopare proprio come lui. Presto.

Dovevo solo riuscire ad avere Mary nuda e sotto di me, mostrarle che era mia.

Guardando me e Mary, Jane iniziò a scuotere la testa. Sapevo cosa stavano pensando. Ci avevano fatti incontrare, un classico, datore di lavoro e baby-sitter, ma avevano per caso altri scopi? Non mi importava a cosa pensassero. Volevo solo Mary in tutte le posizioni.

"Vi lasciamo soli", disse Greg, prendendo i piatti e lasciando la cheesecake. "Sono sicuro che dobbiate accordarvi prima che Mary cominci a lavorare. Io e Jane saremo in cucina."

Sì, incontro combinato. A me non dispiaceva. Mi sarei dovuto ricordare di offrire una birra a Greg la prossima volta che avremmo organizzato un'uscita tra uomini. Gliene dovevo una.

Quando i due lasciarono la stanza, mi voltai verso Mary, per darle tutta la mia attenzione. Le nostre ginocchia si toccarono e lei mi fissò con un misto di sorriso e malizia. Eravamo talmente vicini che non potevo fare a meno di inalare il suo profumo femminile, e proprio allora capii di essere spacciato.

Sarebbe diventata la mia nuova babysitter, ma non c'era verso, nessuna *fottuta* soluzione, non sarei riuscito a tenere le mani a posto.

CAPITOLO SECONDO

Mary

Finalmente l'avevo trovato - il ragazzo che avrebbe preso la mia verginità.

Avevo iniziato a preoccuparmi: che sarei andata all'università senza mai spingermi oltre le palpatine. Non volevo essere l'ultima del gruppo a farlo. Perdere la mia cittadinanza di Vergilandia. Jane ci era riuscita in quattro e quattr'otto, soltanto una settimana dopo il diploma. Mi aveva raccontato tutto. Beh, *quasi* tutto, e io ero così invidiosa. Mi mettevo a letto la notte, mi toccavo e pensavo ad un ragazzo sexy tutto mio. Un uomo che mi avrebbe detto cosa fare, un uomo che mi avrebbe presa, scopata, riempita. Notte dopo notte fantasticavo su *quello giusto* e ora l'avevo trovato.

Era passato un mese dal diploma. Tralasciando la questione della verginità, volevo solo allontanarmi da casa perché mi sembrava che, ogni volta che tornavo, i miei livelli di stress s'impennavano. Mia madre era la pietra dello scandalo. Andare al college locale sarebbe stato molto più conveniente, ma lei era disposta a pagare migliaia di dollari in più a semestre pur di farmi trasferire dall'altra parte del paese, per poter trascorrere del tempo da sola col suo nuovo compagno.

Sì, la storia di "quel college ha il miglior piano di studi per Scienze della Formazione" era una cazzata. Come se non sentissi i loro richiami di accoppiamento dalla mia camera da letto. A loro nemmeno importava se avessi sentito o visto tutto quello che stavano facendo. Cenare con quei due era un incubo. Si scambiavano continue effusioni più che mangiare – e lo facevano proprio davanti a me.

Volevo andarmene di casa tanto quanto lo voleva lei, ma non lontano due fusi orari per dare loro spazio. Andare a cena a casa del Signor Parker per incontrare un ragazzo che aveva bisogno di una baby-sitter estiva era un'ottima occasione per prendere una boccata d'aria. Non mi sarebbe mancata mia madre che si portava Bob in camera da letto. Che schifo. Ma Jane aveva chiamato e io avevo accettato. Dovevo solo ricordarmi che il Signor Parker non era più il mio insegnante e dovevo chiamarlo Greg.

Ma non ero interessata a Greg. Era Gabe che volevo. Volevo il tocco di un uomo. Volevo il *suo* tocco. I suoi baci. Il suo cazzo. Volevo che mi reclamasse e mi fottesse. Gabe era praticamente un dono di Dio per le donne, con quei folti capelli scuri e occhi azzurri, delicati e affascinanti. Per non parlare del suo corpo... Avevo sempre pensato che il Signor Parker fosse l'uomo perfetto e Jane ne parlava sempre bene, ma, nel momento in cui vidi Gabe, feci del mio meglio per non fargli vedere che i miei capezzoli erano duri, e mi chiedevo se sapesse che le mie mutandine erano da buttare già dopo la prima occhiata. Me la cavai bene, dato che ottenni il lavoro.

Poi, quando Mr. Parker e Jane si congedarono e si spostarono in cucina, io e Gabe ci buttammo a capofitto nella questione – ovviamente non *quel* tipo di questione. Mi parlò del mio orario di lavoro - sei ore al giorno - e della paga - venti dollari l'ora. Era il doppio di quello che avrei ottenuto facendo la commessa. Non avevo mai lavorato prima e, per fortuna, non ne avevo la necessità, ma avere una certa esperienza, anche solo da babysitter, era sempre un bene per il mio curriculum. E poi, adoravo i bambini. Erano sempre così pieni di energia innocente, e a una parte di me quelle sensazioni mancavano.

Al liceo avevamo sempre fatto finta di sapere più di quanto sapessimo davvero. Non potevamo far sapere che eravamo vergini. Fingevamo di essere "troppo alla moda per la scuola". Giocavamo al gioco della bottiglia e ad obbligo o verità come se ci stessimo scommettendo la vita. Onestamente, tirai un sospiro di sollievo quando quel periodo giunse al termine. Avevo solo bisogno di perdere la verginità prima di andare al college, altrimenti sarei tornata al punto di partenza, fingendo di sapere cose che non sapevo.

Svoltai a sinistra e proseguii su quella strada fino a quando non vidi il suo numero civico: sessantanove. Non potei fare a meno di sorridere e scuotere la testa quando lo vidi. Non mi era mai capitato di sentirmi così focosa ed eccitata alla vista di un numero civico. L'idea di fare qualcosa del genere con Gabe, beh... mi dimenai sul sedile premendo il freno e spegnendo il motore. Mi presi del tempo per uscire dalla macchina e salire sulla veranda.

La casa di Gabe si distingueva facilmente dalle altre, anche per la suddivisione. Essendo un architetto, non avevo dubbi che avesse messo tempo, sforzo e immaginazione nel creare il luogo dei suoi sogni. Dalle finestre del piano terra fino a quelle della soffitta, ai dettagli in legno e ferro nero della struttura, quel design era qualcosa che non avevo mai visto da nessun'altra parte. Certo, sembrava simile a quelli delle riviste di alto livello, ma nulla a che vedere con le case tutte identiche lì intorno.

Era così atletico, forse perché era un architetto: era così in forma, abbronzato e muscoloso. Ricordavo che Gabe, durante la cena, aveva accennato al fatto che avesse alcuni progetti e visitasse costantemente i cantieri per controllare la costruzione. La mia mente iniziò improvvisamente a fantasticare su di lui che portava con sé sacchi di ghiaia o guidava una scavatrice e quant'altro. Immaginavo che decidesse di andare a torso nudo per il sole rovente del pomeriggio, con gocce di sudore che gli colavano giù per il corpo scolpito. Sollevava un martello, lo dondolava, i muscoli si increspavano.

Cazzo. Ero già eccitata e bagnata. *Datti una calmata, ragazza,* mi dissi. Stavo andando a casa sua per diventare una babysitter... non per sbranarlo. Beh, almeno non il primo giorno.

Durante il tragitto verso casa di Gabe mi sentivo sia eccitata che nervosa. Avevo provato a flirtare con lui quella sera a cena insieme a Jane e al Signor Parker. Non ero sicura avesse capito che stessi cercando di attirare la sua attenzione. Di tanto in tanto lo avevo beccato a fissarmi o guardarmi il décolleté, ma non aveva mai preso l'iniziativa per portare quella tensione sessuale che sentivo a un livello superiore. Beh, tranne quella volta che mi aveva fatto assaggiare la sua bistecca. Aveva tagliato un pezzo per me e poi mi aveva imboccato, e mi ricordai di quanto fossero vicine le nostre facce. Riuscivo a vedere la luminosità dei suoi occhi azzurri e la lunghezza delle sue ciglia. Erano insolitamente lunghe per un ragazzo, e questo lo rendeva ancora più attraente.

"Ho sentito il rumore della tua auto." La porta si aprì prima ancora che suonassi il campanello. "Entra. Entra. Sei in perfetto orario."

Annuii, sorrisi e varcai la soglia. La mia spalla si sfregò leggermente contro il suo petto, e cercai di controllare il respiro. Il mio corpo stava iniziando a scaldarsi, e il suo rigonfiamento in basso non aiutava. Sembrava un *uomo*, nettamente diverso da tutti i ragazzi della scuola cattolica che incontravamo durante le feste e i balli. Indossava un paio di jeans scuri sfumati e una camicia blu scuro a maniche lunghe. Aveva completato quell'outfit con dei mocassini di pelle marrone, e giuro che, solo a guardarlo, stavo per venire. La maglietta gli stava così bene, aderente sul suo petto tonico. Gli accentuava e definiva le braccia forti e gli addominali scolpiti.

"Sei... andiamo, ti presento ad Ashley," disse poi, girandosi in modo che la sua schiena fosse rivolta verso di me, mentre iniziò a camminare lungo il corridoio.

Automaticamente, non ho potei fare a meno di mordermi il labbro inferiore in un broncio e sentirmi leggermente delusa. Mi sentivo un po' respinta, forse non si era accorto delle mie intenzioni? Stavo cercando di andarci a letto, ma probabilmente mi vedeva come una ragazzina di diciott'anni. Bestemmiai fra me e me. *Cazzo*, dovevo provarci con più decisione.

Non potevo rimanere vergine. Sarei stata lo zimbello del college.

La conoscenza con Ashley fu... normale. All'inizio era timida, nascondeva il viso nella sua coperta preferita mentre se ne stava sul divano a guardare Apriti Sesamo. Solo quando le feci delle linguacce cominciò a sorridere. Quando chiesi a Gabe la storia dei suoi genitori, mi raccontò che il padre della bimba aveva lasciato la sorella di Gabe mentre era incinta. Da quando Ashley era nata, Gabe aveva fatto tutto il possibile per aiutare sua sorella a crescere la figlia. Sentivo il mio cuore stringersi di minuto in minuto, vedendo il modo in cui amava sua nipote, non facevo che rendermi conto di come sarebbe stato bravo con altri bambini. I suoi figli, un giorno. Quello era un altro suo lato che non conoscevo e, parlando, imparai molto su di lui. Dopo alcuni minuti, verso la fine dell'incontro, il suo telefono iniziò a squillare. Ignorò la chiamata e poi si rivolse a me, sebbene potessi percepire che la sua mente cominciava a rivolgersi altrove, verso il lavoro.

"Devo andare in ufficio," disse, scuotendo la mano per salutare Ashley. Dopo un abbraccio e un bacio, si rialzò e venne verso di me. "Pensi di riuscire a cavartela?" chiese.

Annuii e mi misi di nuovo a braccia conserte. Non riuscivo a rinunciare al modo in cui mi guardava il seno, ma in quel momento non fece nulla. Non disse nulla. Vidi solo il calore nei suoi occhi. Non che avrebbe potuto fare di più di fronte a sua nipote. "Se hai bisogno di chiamarmi il mio numero è sul frigo. Per qualsiasi cosa, anche per informazioni urgenti."

Oh. "Perfetto. Ma ce la caveremo qui, non è vero Ash?" chiesi, sorridendo alla bambina. Non sapeva di cosa stessimo parlando, ma sembrava trovarsi bene con me.

Con un altro cenno, infine, lasciò la stanza. Poco dopo, sentii il rumore di un motore di un'auto accendersi, se n'era andato. Andai a sedermi accanto ad Ashley sul divano e guardammo in silenzio alcuni minuti di Sesamo Apriti. Davanti ai titoli di coda, mormorò qualcosa di ingarbugliato indicando i mattoncini colorati impilati sullo scaffale a muro più altro del soggiorno. Mi stirai per prenderli e li appoggiai sul pavimento. Si avvicinò e cominciò a costruire quella che sembrava una torre rettangolare a tre piani.

Quella giornata proseguì in tranquillità. Dopo diverse ore di gioco cominciò a fare i capricci e fece un lungo sonnellino. Mentre dormiva, io pensavo a cosa sarebbe successo quando Gabe sarebbe tornato a casa. Le ore passavano lentamente, come se fossero infinite.

I giorni seguenti con Ashley caddero nella routine, le ore si alternavano sempre tra il giocare e l'imparare. Capii che io, alla sua età, ne sapevo meno di lei. Riusciva a far corrispondere forme, colori e numeri, ed era pronta a classificare alcune parti del corpo da un libro per bambini. Riguardo al divertimento, c'era l'imbarazzo della scelta fra blocchi di costruzioni, lego di dimensioni enormi e la piscina gonfiabile in cortile.

Non incrociavo spesso Gabe, se non per un breve saluto all'entrata prima che andasse in ufficio o per un "Grazie" sull'uscio prima di tornarmene a casa. Tre giorni di semplici convenevoli. Tre giorni di niente oltre agli sguardi accesi da parte di Gabe. Niente di più. Se non avesse fatto una mossa di lì a poco, presto sarei stata io ad accendere il fuoco.

Sapeva che mi desiderava, sapeva che c'era chimica tra noi. Se non aveva intenzione di rompere il ghiaccio, allora lo avrei fatto io. Ero audace? Sì. A mali estremi, estremi rimedi. Non sarei *mai* andata al college ancora vergine. Così, quando quella mattina mi vestii, decisi di indossare una gonna scozzese - non la mia vecchia uniforme scolastica - e una canotta. Ero indecisa se uscire con o senza reggiseno, e optai per la seconda scelta.

Gabe mi guardava sempre il seno. Non lo faceva in modo squallido, ma comunque era impossibile non accorgersene. Così come lui non poteva non accorgersi del modo in cui i miei capezzoli induriti spingevano sul materiale sottile del top. Per un secondo, pensai di aver esagerato. Andavo lì per fare la babysitter... ma volevo anche sedurlo. Non avevo intenzione di passare l'intera estate ad attendere una sua mossa. No, se volevo che il suo cazzo scendesse in profondità nella mia figa vogliosa, dovevo mettere le cose in chiaro.

"Fingi fino a farcela," sussurrai tra me e me. Non avevo per niente esperienza nel sesso. La mia unica avventura sessuale era stata quella di baciare altre ragazze durante le feste. Era divertente, sicuro, e anche un po' eccitante, e ai ragazzi - beh, ragazzini che ci guardavano – piaceva sempre un casino. Alcuni ci avevano anche provato con me, ma nessuno di loro mi faceva bagnare. Non avevo mai desiderato che mi toccassero e non avevo mai pensato che potesse essere uno di loro a prendersi la mia verginità. No, l'avrei data a qualcuno di speciale.

A Gabe.

Quelli erano tutti ragazzini. Si comportavano da immaturi ed erano bravi solo a parole. Avevo la sensazione che aspettassero sempre di agire perché in realtà non sapevano cosa fare. Con Gabe, pensavo che stesse aspettando perché ero troppo piccola. Non ero troppo piccola. Beh, io non pensavo che fosse troppo grande.

Mi morsi il labbro inferiore. Conoscevo la mia reputazione alle superiori. Tutti pensavano che fossi *molto* esperta perché avevo sempre dato consigli e dritte che avevo letto su Internet. Sapevo cosa si dovesse fare durante il sesso, sia che fosse orale, vaginale o anale. Avevo visto abbastanza porno, ma speravo fermamente che l'aspettativa fosse vicina alla realtà.

Fingi fino a farcela, ripeté la mia voce interiore, e annuii in segno di fiducia. Ne avevo bisogno, soprattutto per dopo, se avessi avuto intenzione di farmi vedere da Gabe come qualcosa di più di una semplice baby-sitter estiva e fargli finalmente prendere la mia verginità.

Allora nessun reggiseno.

Lanciai coraggiosamente il pizzo sul mio letto. Mi diedi un'ultima occhiata allo specchio, più che soddisfatta del mio aspetto. La mia gonna era corta e provocante. Il perizoma di pizzo color carne, sotto, avrebbe fatto sembrare che non indossassi biancheria intima, qualora avesse mai alzato la gonna. I miei capezzoli erano duri e pimpanti, e il mio seno era grande e abbastanza pieno da essere compresso e sodo nella mia canotta.

Perfetto.

Ero vestita per fare stragi di cuore, o meglio, ero vestita per fare sesso.

Quando Gabe mi aveva aperto la porta quella mattina, non avevo potuto non notare il modo in cui i suoi occhi si erano immediatamente posati sui miei seni e lui aveva inalato leggermente. Non potevo non notarlo. Mi guardò incuriosito, con fare dubbioso, probabilmente voleva sapere perché non indossassi il reggiseno. Non ero stata audace, fino a quel momento. Mi misi a braccia conserte sotto il seno per rendere la mia scollatura più profonda. Sì, era audace.

Tossì forte, schiarendosi la voce. "Sono in ritardo," mormorò, afferrando la sua cartella. "Ashley è nella stanza della biblioteca." Scattò fuori, un'ultima occhiata a me, poi sfiorò il mio corpo prima di chiudere la porta dietro di sé.

Quando sentii la porta aprirsi, quella sera, erano le sette e qualche minuto, e Ashley dormiva profondamente nel suo lettino. Ero in cucina a lavare i piatti della cena.

"Oh," disse Gabe, entrando dal garage. Ovviamente, era senza parole.

Non era colpa mia. Mi colse di sorpresa. Ero piegata, caricavo il cestello inferiore della lavastoviglie. Mi alzai all'istante, rendendomi conto che la mia gonna si era alzata ed era riuscito a vedere il mio sedere nudo e la piccola striscia del mio perizoma. Lasciai quasi cadere un piatto sul pavimento e mi scusai. Addio al mio piano di seduzione. Quale uomo si ecciterebbe alla vista di una donna che carica la lavastoviglie?!

Ma le parole che gli uscirono di bocca mi sorpresero... in senso positivo. "Non c'è niente di cui scusarti."

CAPITOLO TERZO

abe

Lo stava facendo apposta. Ne ero sicuro, *cazzo*. Era la prima volta che non portava il *fottuto* reggiseno, ma mi aveva tentato con le sue tette prorompenti e le cosce lisce sin dalla prima sera in cui ci eravamo conosciuti.

Non avevo intenzione di fingere di essere un santo. *Dannazione*, adoravo ogni volta che Mary mostrava il suo culo pieno e le sue gambe snelle. E il modo in cui i suoi capezzoli spingevano contro la sua canottiera sottile? Sì, ero uno stronzo quando la fissavo, ma ero solo un uomo. Un uomo arrapato con le fottute palle blu.

La scuola era già finita, il liceo era acqua passata per lei, ma sarebbe comunque venuta a fare da babysitter ad Ashley con una gonna corta che mi ricordava la sua vecchia uniforme. La mia mente mi stava dicendo di starle alla larga, e fino ad ora ero stato in grado di farlo, ma il mio cazzo s'induriva ogni volta che la vedevo. S'induriva? No, in realtà c'era una mazza di ferro nei miei pantaloni.

Era la terza volta quella settimana, che, appena tornato a casa, vedevo oscillare i suoi fianchi. La prima sera, era in soggiorno a passare l'aspirapolvere, scuotendo quei lussureggianti fianchi sulle note della musica delle sue cuffiette. Pensavo che sarei venuto lì, in quel preciso istante.

Stasera? Aveva aggiunto la dannata gonna arrapante alle sue provocazioni. E aveva indossato una cazzo di canotta bianca, riuscivo a vedere i suoi capezzoli duri spingere con forza sul tessuto. Potevo persino vedere che erano color rosa scuro. *Cazzo*.

Provai e riuscii a non gemere ad alta voce. L'avrei devastata subito dopo, ma credo non le sarebbe piaciuto. Cazzo, la mattina avevo dovuto catapultarmi fuori di casa altrimenti me la sarei scopata. Ma non voleva un uomo più grande come me. Me lo ero ripetuto per giorni. Ma ora? Ora forse lo voleva...

Lo *voleva*... credo che il modo in cui fissava la mia erezione e si leccava il labbro inferiore fosse un chiaro segnale. Così come i suoi capezzoli, grandi come i gommini delle matite. Così come la sua gonna che metteva in mostra il suo culo sporgente.

"Ashley dorme?" cercai quella conferma. Se avessi posseduto Mary, mi sarei assicurato che Ashley dormisse profondamente. Non avrei ammesso interruzioni una volta fatto il passo decisivo con Mary.

"Puoi dirlo forte," disse lei. "Oggi l'ho portata al country club e ha giocato per ore nella piscina per bambini. Credo proprio che diventerà una campionessa olimpionica. Ha talento."

Nello stesso preciso istante, ci fissammo l'un l'altro e scoppiammo a ridere. Guardandola, non potei fare a meno di scuotere la testa. Dal modo in cui parlava e si muoveva, era la perfetta combinazione fra animo giovanile e sexy. Non era soltanto un bel visino con un bel corpo che mi sarei voluto scopare. Aveva una personalità che avrebbe potuto illuminare qualsiasi stanza, ed era talmente eccitante che il pensiero della sua voce rendeva la mia erezione ancor più dura, se ciò fosse possibile.

"Basta parlare di Ashley," dissi, avvicinandomi a lei.

Alzai la mano per portarle una ciocca di capelli dietro l'orecchio, prima di sfiorarle la guancia con le dita. La sua pelle era morbida e così liscia contro la mia, come quella di una donna, e io *amavo* le donne. Amavo che fossero così piccole e leggere accanto a me. Ma nessuna di loro era Mary. Le donne con cui ero uscito in passato non perdevano mai l'occasione di dirmi quanto si sentissero sempre così tranquille e al sicuro con me, come se avessi il poter di proteggerle da ogni pericolo. Era vero. Non avrei mai fatto del male ad una donna, non avrei mai voluto vedere qualcuno maltrattato da qualcun altro. Ero un gentiluomo.

Dal modo in cui mi fissava, capivo che Mary la pensava allo stesso modo. Le piaceva la sensazione di stare accanto a me e sentirsi piccola. Lei voleva sentirsi così. Voleva che la proteggessi. Non ci avevo mai pensato prima, ma in quel momento, riflettendoci bene, mi resi conto che non mi importava. C'era soltanto qualcosa in lei che voleva che la conoscessi meglio, che scoprissi ciò che le piaceva e ciò che odiava, cosa la eccitava e cosa non la eccitava. Volevo sapere come sarebbe stata a letto, e, quando pensavo a quelle cose, non ero affatto un gentiluomo. Volevo sapere tutto.

Volevo sapere se arrossisse ovunque. Volevo sapere se fosse bagnata come sospettavo. Volevo scoprire quali versi avrebbe fatto quando avrei infilato le mie dita dentro di lei per la prima volta, quando avrei messo la mia bocca sulla sua figa, quando l'avrei riempita col mio enorme cazzo. Volevo vederla venire.

Sì, era il mio cazzo a parlare. In quel momento avrebbe potuto prendere le decisioni più importanti della mia vita al mio posto; non mi aveva mai deluso prima di allora. Non mi avrebbe deluso nemmeno stavolta con Mary. Guardandola adesso, con i suoi seni arrossati contro il mio petto, i suoi capezzoli che mi provocavano, non riuscivo ad immaginare come sarebbe mai potuta essere una decisione sbagliata. Era il pacchetto completo: viso, corpo e mente. Questo la rendeva già rara nella popolazione femminile, categoria che conoscevo abbastanza bene.

Si morse un labbro, guardò verso di me attraverso le sue ciglia frangiate.

Fui io a fare un passo indietro, ma i miei occhi rimasero fissi sui suoi. La immobilizzarono lì, ferma sul posto.

"Vieni," dissi allora, conducendola fuori dalla cucina verso il divano della grande sala, e lei mi seguì. "Sei stata una ragazza cattiva, non è vero, Mary?"

Vidi il modo in cui i suoi occhi si spalancarono all'istante e lei si bloccò. Aprii subito la bocca e spiegai, assicurandomi che non avesse frainteso. "Il modo in cui mi stai seducendo, non è vero?" Furono le prime parole che mi uscirono di bocca. "Comportarti da ragazza birichina mostrandomi il culo e il tanga. Quei capezzoli duri. Una ragazza cattiva, non è vero?"

Rimasi scioccato quando increspò le labbra verso l'alto in un sorriso consapevole, poi annuì con la testa.

"Perché?"

Era giovane e bellissima e poteva conquistare tutti i ragazzi che voleva. Perché stava seducendo un uomo di trent'anni?

La sua lingua rosa si spense e si leccò il labbro inferiore. "Perché voglio che tu ti prenda la mia verginità."

Prendermi la sua verginità? Fanculo. Il mio cazzo divenne duro come la pietra, come se non lo fosse già.

"Non me lo sarei mai immaginato..." stavolta toccava a me sorridere." Anche se, in effetti, Greg aveva accennato ad un gruppo di sue studentesse che avevano stretto un patto, quello di perdere la verginità prima del college, come la sua Jane. Sei una di loro, eh?"

"Ci perderemo in chiacchiere ancora per molto?" chiese, mettendosi un dito sulle labbra.

Dannazione. Non smetteva mai di stupirmi. Fino alla scorsa mattina, avrei potuto pensare che fosse vergine. Ma oggi? Il suo vestito, i suoi capezzoli duri, i suoi sguardi accesi gridavano che era esperta. Non mi sarei mai aspettato una tale sicurezza da una diciottenne, tanto meno da una vergine. Ma mi piaceva questa dicotomia. Pantera e vergine insieme. In qualche modo, stava toccando tutti i punti giusti. Non mi sarei nemmeno sorpreso se fossi venuto nei pantaloni solo ascoltando le sue parole. Ero così su di giri dopo aver pensato per tutto il giorno alle sue tette perfette. "Sei una ragazza impaziente, vero?" dissi con un sorriso canzonatorio. "Cattiva e impaziente..." dissi, più a me stesso che a lei. Mi aveva appena colto di sorpresa con la sua sicurezza e audacia. L'avevo *adorato*. E avrei adorato scoparmela.

"Beh, ho aspettato per ben diciotto anni. Penso di aver aspettato abbastanza."

"Pensi di poter gestire il mio cazzo quando si prenderà quella fighetta vergine?" Sì, sarebbe stata in grado di gestirlo. L'ingresso sarebbe stato stretto. La sua figa sarebbe stata così fottutamente stretta, ma ci sarei entrato. Lei era fatta per contenermi.

Le regole erano cambiate. In quel momento, non ero più

il suo capo, e lei non era più la mia babysitter. No, era la donna che stavo per scopare. Lo voleva e non si nascondeva affatto, specialmente con i suoi capezzoli che puntavano dritti verso di me. Nemmeno io nascondevo nulla, mentre facevo scivolare la mano sotto i miei jeans e mi sfregavo il cazzo proprio davanti a lei. Il mio cazzo era felice di essere accarezzato, ma sarebbe stato soddisfatto solo dopo essere sprofondato in quel canale caldo e umido.

Alla vista di ciò che stavo facendo, i suoi occhi si spalancarono, e notai il modo in cui aveva iniziato a dimenarsi sul posto e il modo in cui il suo respiro diventava irregolare. Era bello sapere che non ero l'unico a sentirsi eccitato. Sapevo come sarebbe andata a finire. Lei era la vergine. Aveva anche potuto fare il primo passo, ma non c'era dubbio che voleva che fossi io a finire.

Tirando fuori la mano dai miei jeans, mi avvicinai a lei e la infilai sotto la gonna per massaggiarle il culo nudo. Sollevò un po' il sedere e continuai a muovere la mano su e giù per la sua carne morbida. Era caldo e liscio, stretto e sporgente. Perfetto.

"Quindi vuoi che ti scopi?" le chiesi, senza più girarci intorno. Cercava di sedurmi fin dall'inizio. E io non ero un martire. Era solo questione di tempo, prima o poi avrei ceduto e mi sarei arreso a lei, e quel momento era arrivato. Lei annuì con la testa e mantenne il contatto visivo. Sì, scopami. Praticamente me lo stava dicendo con l'intenso color smeraldo dei suoi occhi. "Come mai nessuno ha mai scopato la tua figa vergine prima d'ora?"

Con gli occhi fissi sui miei, scrollò le spalle.

"Qualcuno ti ha mai toccata?" chiesi incuriosito, e, quando scosse la testa per dire *no*, le avvolsi un braccio attorno alla vita, forte, la tirai per farla sedere sulle mie ginocchia, sul divano. Non l'avevo fatta posizionare in modo che mi stesse di fronte, e allora, dandomi le spalle, guardò la stanza. Mi lanciò un'occhiata da sopra una spalla, poi distolse lo sguardo.

Non potevo evitarlo, le mie mani esplorarono la distesa della sua carne, mentre scivolavano giù dai i suoi capezzoli vivaci per riposarsi sul suo interno coscia. Con un piccolissimo movimento avrei raggiunto il suo ingresso, con le mani pronte a prenderla. All'improvviso ebbi la brillante idea di mettermi alla prova: vedere quanto tempo sarei riuscito a mantenere il controllo. Al mio cazzo non piaceva l'idea, ma non era lui a comandare. Questa era, per lei, la prima volta e volevo che fosse così entusiasta da venire addirittura prima che glielo mettessi dentro.

Le feci inclinare la schiena all'indietro, così da farla appoggiare al mio petto e farla stendere praticamente sopra di me, sollevai la gonna, smascherando la sua patetica scusa del sottile perizoma per rivelare una stretta striscia di peli corti su una piccola zona sopra la sua figa. "Cazzo, piccola. Stai gocciolando."

La stringa del suo tanga era zuppa dei suoi stessi liquidi e sentii il mio uccello spingere contro i miei pantaloni. Contro il suo culo. Mi stava mettendo a dura prova. Stando sulle mie ginocchia, spalancò le gambe e appoggiò le piante dei piedi sul bordo del divano. Oh sì, la mia piccola era impaziente.

"Ti piace, eh?" chiesi quando Mary iniziò a gemere, mentre le mie dita scivolavano su e giù per le labbra carnose della sua figa. Si stavano bagnando per bene, e io ero estasiato. Era vogliosa tanto quanto me. Vogliosa come me, e nemmeno una sola parte di me era dentro di lei... almeno non ancora. "Oh, merda... grida un po' più forte e mi farai venire nei pantaloni."

"Gabe", sussurrò, la voce divenne rauca. "Mhmm..."

Lasciò cadere la testa all'indietro sulla mia spalla sinistra mentre inarcava la sua schiena, coi suoi seni vivaci che puntavano verso il soffitto. I suoi occhi si chiusero mentre i suoi fianchi oscillavano. I suoi denti bianchi e dritti le mordevano il labbro inferiore. Era bellissima pervasa da quel desiderio. Appassionata. Velocemente eccitata. Perfetta.

La sua gonna scozzese si raccolse intorno alla sua vita, e io con impazienza tirai la sottile stringa delle sue mutandine di pizzo e le strappai via. Il piccolo pezzo di stoffa era pervaso dal suo profumo e fradicio della sua eccitazione. Lo gettai sul pavimento. Lei iniziò a spingere i fianchi verso il soffitto, mentre due delle mie dita cominciarono a disegnare cerchi invisibili sul suo clitoride. Spuntava, gonfio e impaziente, solo per me.

"Metti le dita dentro, *ti prego*", supplicò, e sentii un'ondata di orgoglio scorrermi nelle vene. Era così porca, così audace.

Le avrei dato quello che voleva, questa volta, ma presto avrebbe capito chi fosse al comando. Le infilai due dita dentro e cominciai a muoverle con cura, dentro e fuori, evitando quella membrana sottile che proteggeva la sua verginità. Presto l'avrei squarciata, ma con il mio cazzo. Il suo respiro si affievolì mentre mi presi un dolce momento per esplorare le sue pareti interne. Questa era la sua prima volta. Aveva bisogno di sperimentare il meglio e gliel'avrei dato.

Attento a non andare troppo in fondo con le dita, le piegai a forma di uncino per raggiungere una zona diversa, quel rigonfiamento di carne che la faceva andare in estasi. I suoi occhi si spalancarono e, quando cominciai a fare di nuovo dentro e fuori, mantenendo la posizione uncinata, i suoi gemiti si trasformarono in urla, e iniziò a tremare contro di me. Oh, cazzo, era così reattiva. Con i suoi fianchi che spingevano, stava inconsapevolmente sfregando il mio uccello. Non mi sarei sorpreso se fossimo venuti insieme, e avevo ancora i pantaloni *addosso*. Sapevo che il liquido preseminale li aveva sporcati. La desideravo troppo.

"Sto venendo, Gabe... sto venendo," gemette, e subito tirai fuori le dita.

Lei piagnucolò, poi inarcò la schiena. Inappagata. Giusto. L'avrei fatta venire, ma volevo capisse che succedesse soltanto col mio uccello dentro di lei.

Sì, non avevo ancora finito con lei. Avevo appena cominciato.

CAPITOLO QUARTO

Mary

"Non ancora, ragazzina. Non puoi venire ancora. Mi hai provocato in questi ultimi giorni..." cominciò a dire Gabe, e intanto mi sollevò dalle sue ginocchia per alzarsi in piedi, poi mi fece girare, così i nostri occhi si incontrarono. "Sei davvero cattiva."

Torreggiavo sopra di lui, ma tenevo lo sguardo basso, mi sentivo così piccola davanti a lui. Aveva le ginocchia allargate, e riuscivo a vedere la sua erezione scoppiargli nei pantaloni. Si sfregò la mano su e giù per l'inguine, accarezzando la sua virilità, ma i suoi occhi azzurri non lasciarono mai i miei.

Col passare dei secondi, riuscivo a sentire sempre più il bisogno doloroso nella mia figa. Dopo che mi aveva massaggiato il clitoride e toccato con impazienza, tutto quello che volevo era il suo cazzo pieno dentro di me, volevo spingesse dentro e fuori finché non avrei gridato il suo nome. Ero quasi venuta, e soltanto con le dita. Spesso mi ero toccata per eccitarmi, ma non era mai stato così. Non avrei dovuto dirgli che ero sul punto di venire. *Fanculo.* Non avrebbe tirato fuori le dita smettendo di aggredire il mio clitoride, invece, ora, dovevo aspettare, ma ero una ragazza impaziente.

"Mettiti in un angolo e mostrami quel culo", disse, allungandosi per massaggiarmi le natiche. La mia gonna era ricaduta su di loro, ma mi sembrava quasi illegale che me le afferrasse da lì sotto.

"M-Ma..." cominciai, confusione e delusione tingevano la mia voce. "I-io pensavo..." *Pensavo che avremmo fatto sesso! Non era quello il prossimo passo dopo i ditalini?!?*

Mi schiaffeggiò il culo col suo grande palmo. *Cazzo*, mi sculacciò. Ed era così dannatamente bello. Il dolore acuto, il modo in cui si trasformava velocemente in calore.

"Ti insegnerò il valore della pazienza, mia piccola provocatrice," disse, la sua mano mi accarezzava ancora il sedere. Diventavo più calda e più umida ad ogni carezza e tocco. Quella sensazione nella mia figa stava crescendo di nuovo, e stava raggiungendo livelli quasi incontrollabili... ma in senso buono, *molto* buono. Mi contorcevo davanti a lui. Amavo, *adoravo alla follia* quello che stava succedendo. Era molto diverso dal masturbarsi e dal piacere che mi davo da sola. Sì, mi bagnavo ed eccitavo ogni volta, ma niente a che vedere con l'eccitazione e il brivido di essere controllati. E Gabe mi stava davvero controllando. L'angolo?

Volevo mi scopasse in quel momento, ma non lo avrebbe fatto. Volevo che mi leccasse, sarebbe stato davvero bravo, con la lingua e la bocca sulla mia figa. Volevo spoglialo dei suoi vestiti e ammirare il suo corpo nudo, vedere com'era il suo cazzo, vedere quanto fosse grande. A giudicare dalla tensione nei suoi pantaloni, era enorme e mi avrebbe strappata in due. Volevo fare sesso. Non volevo più essere vergine. Volevo farlo e venire. Volevo tutto questo, ma avrei dovuto aspettare, *cazzo*. Per lui non si trattava soltanto di prendersi la mia verginità. No, per lui c'era molto di più in ballo, altrimenti tutto sarebbe finito molto presto.

E per qualche strana ragione, mi piaceva la sensazione di non ottenere ciò che volevo. Mi piaceva la sensazione di fare quello che diceva Gabe. Di soccombere alla sua autorità.

Mia madre non pensava mai a me. E che dire di mio padre? Era sparito quando avevo due anni. Escluso il fatto del voler andare al college locale piuttosto che a quello dall'altra parte del paese che aveva scelto mia madre, avevo sempre ottenuto quello che volevo. Proprio come mia madre.

Non avevo intenzione di indorare la pillola. Mia madre era una puttana. Era bellissima, nonostante la sua età, e usava quella bellezza a suo vantaggio. Aveva uomini, uomini ricchi, che la seguivano come dei poveri cagnolini. Sapevano che voleva soltanto i loro soldi, eppure, le avrebbero ugualmente giurato fedeltà. Doveva essere davvero brava nel ricambiare loro il favore a letto. Doveva fare qualcosa di speciale. Spendeva tutto quello che avevano, e ogni volta anche io beneficiavo del duro lavoro di mia madre. Ero stata mandata nelle migliori scuole e avevo tutto ciò di cui avevo bisogno, tutto ciò che volevo. Le vacanze all'estero erano la norma, e avere l'ultimo prodotto e il guardaroba più trendy era d'obbligo. Per una volta, proprio ora, non stavo ottenendo quello che volevo - essere scopata – e per la prima volta mi sentii elettrizzata a quel "no". E poi sentirlo da un tipo come Gabe? Rendeva la cosa eccitante.

Dopo un lungo silenzio, Gabe mi strinse il culo e inarcò un sopracciglio. Feci un passo indietro, feci quello che mi fu detto di fare. Mi diressi verso un'estremità del soggiorno e rimasi in piedi nell'angolo.

"Solleva la gonna. Più alto, più in alto e mostrami quel culo. Brava ragazza. Tienilo alto e non lasciar cadere quella gonna." Respirai profondamente guardando verso di lui. Sentii le mie guance scaldarsi e il mio liquido scivolarmi lungo le cosce. Avrei voluto pulirlo, perché sapevo che riusciva a vederlo, ma non osai abbassare le braccia.

L'avevo provocato e mi ero messa in quella posizione, ma ero vergine. Non avevo mai fatto nulla di simile prima. Avrei potuto vantarmi raccontando di tutto e di più, ma la verità era che non sapevo cosa fare.

Dovrei iniziare a spogliarmi o esibirmi in una lap dance?

Vuole che mostri di più il mio culo?

Mi avvicino di nuovo a lui dopo che mi ha appena detto di starmene in un angolo?

Ad ogni istante diventavo più nervosa. Probabilmente percepiva quello che pensavo, perché disse: "Mi piace guardare il tuo culo, ragazzina... quel tuo grande culo rotondo..."

Non riuscivo a vedere la sua faccia, solo il muro liscio e bianco. Gli davo le spalle, ma colsi il tono di malizia nella sua voce. La sua voce era tranquilla e controllata, eppure riuscivo a sentire una punta di eccitazione. Sapeva cosa sarebbe successo in seguito, ma in qualche modo era capace di aspettare, di punirmi piuttosto che far godere entrambi.

"Metti le mani sul muro e piegati. Porta all'infuori quel culo, così posso vederlo tutto. Tutto di te."

Eseguii quell'ordine. Appoggiai i palmi sul muro freddo e mi chinai in avanti. Con una mano sollevai la gonna che era scivolata indietro con i miei movimenti e gli regalai la vista del mio culo nudo. Non solo il mio culo, sapevo che anche la mia figa si vedeva benissimo. Se aveva dei dubbi sulla mia impazienza nell'averlo, ora poteva starne certo, ero davvero impaziente. Con la testa bassa, potevo vederlo tra le mie gambe, seduto sul divano, con gli occhi su di me mentre si accarezzava l'uccello. Se l'era tolto dai pantaloni quando mi ero girata, e non potevo non notare quanto fosse ben dotato. Era un color prugna scuro, c'era una vena pulsante lungo la lunghezza dell'asta. Se lo stringeva forte col pugno e scivolava su e giù. La cappella era bella tonda, e osservai il liquido limpido che filtrava dalla piccola fessura sulla punta. Usò il pollice per scivolare sopra quel liquido pre-seminale e ricoprirci tutto il cazzo. Era la prima volta che vedevo un cazzo nella vita reale e i muscoli della mia figa si strinsero automaticamente. Mi sentivo molto più calda e più umida, se fosse possibile esserlo ancora di più, e quasi persi l'equilibrio per la pozza di calore che si stava accumulando dentro di me. Volevo quel mostro dentro di me. Volevo mi allargasse. Volevo mi riempisse in profondità.

"Fammi vedere come ti tocchi, Mary..." mi disse, la sua mano si muoveva ancora su e giù per la sua lunghezza. "Cosa fai quando sei sola?"

Tirai un sospiro lungo e pesante e mi misi due dita sul clitoride. Ancora piegata in avanti, iniziai a strofinarlo in piccoli cerchi, mentre la mia mano libera era contro il muro per sostenermi.

"Ah, ah," mi rimproverò. "Non metterti le dita dentro. Quella è roba mia adesso. Le mie dita vanno là. Le mie dita ti danno quel piacere. O il mio cazzo. Nient'altro. Dillo."

"Le tue dita. Il tuo cazzo," respirai, avvicinandomi all'orgasmo.

"Esatto. Questa figa è mia adesso, non è vero?"

"E' tua", ripetei. La mia mano doveva rimanere appoggiata al muro, altrimenti non mi sarei più retta in piedi.

"Mhmm... quindi ti piace giocare col tuo corpo, eh?" disse in tono canzonatorio. "È questo quello che ti hanno insegnato nella tua scuola cattolica?" Quando scossi la testa, Gabe continuò: "Penso di doverti punire... Ti renderò una brava ragazza."

Con le dita che strofinavano ancora il mio clitoride, respirai, "Pensavo che ai ragazzi piacessero le ragazze cattive... Le brave ragazze non sono noiose?"

Dal punto in cui mi trovavo, riuscii a vedere un sorriso immediato sul suo viso. Iniziò a scuotere la testa da un lato all'altro. Gli ci volle un po' per rispondere. "Ma le brave ragazze ottengono quello che vogliono... e tu non volevi perdere la verginità?!"

"Sì," dissi in fretta, quasi troppo impazientemente.

"Sarai una brava ragazza stasera? Hai intenzione di smetterla di prendermi in giro e cominciare a comportarti bene?"

Annuii con la testa, ma non prima di aver detto "Non lo so. Le brave ragazze possono sedersi sulle ginocchia di papà?"

Ancora china, vidi il modo in cui i suoi occhi si allargarono. Smisi di toccarmi, volevo che mi facesse venire e lo osservavo intensamente. Probabilmente era rimasto scioccato da quella domanda, da come avevo avuto zero esitazioni nel chiederglielo e nel chiamarlo "Papà". A volte mi sorprendevo davvero di me stessa.

Volevo che si prendesse cura di me, che mi punisse, che mi mettesse nell'angolo quando ne avevo bisogno. Volevo la sua guida, specialmente quando si trattava di scopare.

"Vieni qui, ragazzina", mi disse alla fine. Aveva smesso di accarezzarsi, ma le sue gambe erano ancora aperte e il suo cazzo si ergeva duro e alto, senza vergogna. Non vedevo l'ora di assaggiarlo, sentirlo dentro di me. Jane mi aveva detto che la sua prima volta era stata dolorosa e che aveva sanguinato un po', ma Greg si era preso cura di lei. Mi sarebbe successa la stessa cosa? Non potevo pensarci, non ora. Mi ero giocata talmente bene la carta della seduzione nonostante i miei nervi e l'iperventilazione.

Alla fine, mi alzai e rimasi un attimo ferma - ero stata piegata in avanti troppo a lungo - prima di avvicinarmi a Gabe. Mi presi un momento, un po' nervosa per quello che sarebbe successo dopo. Aveva ragione. Lo avevo provocato negli ultimi due giorni. Era l'unico modo per ottenere ciò che volevo. Era semplicemente troppo *bello*. Avevo dovuto sedurlo per fare in modo che si prendesse la mia verginità. Non potevo fingere di essere innocente e angelica e aspettare che il sesso venisse a bussare alla mia porta. Ero dell'opinione che le opportunità non cadono dal cielo. Le opportunità bisogna crearsele - proprio come aveva fatto mia madre. Voleva un uomo ricco che le permettesse di mantenere alto il suo tenore di vita? Si crea l'opportunità rimanendo stupenda, indipendentemente dalla sua età.

Volevo perdere la verginità con Gabe? Mi ero creata l'opportunità e l'avevo sedotto, cosicché mi vedesse come una donna e non come una ragazzina. Anche se mi chiamava *bambina*, non mi faceva sentire come tale.

"Ti senti a tuo agio?" mi chiese quando mi sedetti sulle sue ginocchia. Beh, era più come se fossi cavalcioni su di lui, con le mie ginocchia aperte, appoggiate su entrambi i lati dei suoi fianchi. Mi accigliai un po' quando capii che si era risistemato i pantaloni, e non c'era più traccia del suo uccello. L'unico segno era il duro rigonfiamento sotto i jeans. Perché se l'era rimesso dentro?

"Sono..." risposi con un cenno, mi morsi un labbro. "Hai di nuovo nascosto il tuo cazzo..."

"Già, proprio così." Non si poteva non cogliere la malizia che stringeva la sua voce, il modo in cui i suoi occhi scuri fissavano i miei. "Non ti avevo forse detto che le brave ragazze devono avere pazienza?" Annuii per la seconda volta. "Fra poco sarà dentro di te, ragazzina. Spaccherà quella figa vergine, riempiendoti profondamente, tanto che dovrai muovere il tuo piccolo culo sodo per farlo entrare bene."

A quelle parole, non potei fare a meno di inspirare bruscamente e sbattere le labbra contro le sue. Non potevo più aspettare. Minuto dopo minuto, diventavo sempre più umida e bagnata, al punto che avevo paura di non essere in grado di gestire quello che sentivo dentro, e mi sarei disastrosamente contorta di fronte a lui. Sapeva come farmi eccitare. Dio se lo sapeva. Mi ero bagnata fin dalla prima volta che l'avevo incontrato, quella volta a casa di Greg per cena.

Ancora meglio, sapeva come gestire i preliminari. Mi stuzzicava ripetutamente e mi portava quasi al culmine, per poi cambiare rotta e tirarsi indietro. Qualche minuto prima mi stava toccando e stava per farmi venire, poi mi aveva messo nell'angolo solo per farmi giocare con me stessa. E, adesso, eravamo tornati al punto di partenza: stavamo limonando. Del suo cazzo nemmeno l'ombra.

Non avevo intenzione di nascondere la verità. Non lo facevo mai. Ero una ragazza impaziente, e doveva essersene reso conto, ad un certo punto, dal modo in cui avevo cominciato a spingere e cavalcare mentre me ne stavo a cavalcioni, le mie gambe magre ingabbiavano le sue, muscolose e spesse. Tutto sommato, era reattivo. Ancora meglio, reagì con foga e con la mia stessa dose di impazienza. Le sue mani vagavano per esplorare ogni centimetro della mia carne e mi aveva strappato la canottiera da sotto la gonna, in modo che le sue mani potessero serpeggiare liberamente per toccarmi il seno. Per stingerlo, per riempircisi i palmi delle mani.

"E' così bello..." dissi ad occhi chiusi, spostando le labbra dalla sua bocca al suo collo. Quando glielo morsi si allontanò leggermente e iniziò a scuotere la testa. "Non stasera, Mary." Nonostante il rifiuto, le sue labbra erano curve in un sorriso giovanile. Era adorabile, vedere un sorriso così imbarazzato addosso ad un uomo come lui.

"Domani lavoro... Niente succhiotti. Cosa penseranno i miei clienti? Non posso dire loro che sei una cattiva ragazza e che mi hai lasciato dei segni."

Pensai di rispondere con una provocazione, qualcosa del tipo che non aveva bisogno di preoccuparsi di quello che pensavano e che probabilmente sarebbero persino stati gelosi della sua avventura. Invece, mi ricordai che ero una brava ragazza, o che almeno recitavo quella parte. Volevo essere proprio quello che lui desiderava.

"Ok, sarò una brava ragazza," dissi col sorrisino più angelico che potessi fare... come se i sorrisetti potessero essere persino angelici.

"Perfetto", fu la sua risposta sorridente. "E sai che i papà danno dei bei premi alle ragazze, vero?"

"Davvero?" Ero ancora a cavalcioni su di lui, mentre mi teneva ancora a coppa i seni, le sue dita giocavano e mi tiravano i capezzoli, ma alla fine avevamo smesso di baciarci. "Cosa ottengono le brave ragazze?"

Gli istanti successivi furono i più intensi che abbia mai sentito. Potevo vederlo che mi fissava, cercando di leggermi, e io stavo facendo la stessa cosa con lui. Non sapevo cosa provasse, ma mi addentrai in quella sensazione, nel desiderio di un uomo attraente per sverginarmi. No, non solo un uomo attraente. Lui. Io volevo Gabe.

Non stavo per essere scopata da un semplice sconosciuto. Più lo conoscevo e passavo del tempo con lui e sua nipote, più volevo essere nella sua vita, anche dopo averci fatto sesso. Una sola volta non sarebbe bastata.

"Ottengono un grosso cazzo duro, bello, in profondità in

quella figa perfetta e inesperta. Ottengono un carico di sperma caldo che le riempie tutte. E urlano di piacere mentre lo ricevono. Lo vuoi anche tu? O vuoi tornartene all'angolino?"

Mi leccai le labbra con trepidazione. "Voglio che tu prenda la mia verginità, per riempirmi, con bravura e in profondità."

I suoi occhi non lasciavano mai i miei, ma sentii un ringhio rimbombargli nel petto. Dopo quella che sembrava un'eternità, finalmente annuì. "Prendi la pillola?" chiese. "Non voglio niente tra di noi. Quando ti scoperò, ti prenderò nuda e cruda, in profondità, senza barriere."

Tirai quasi un sospiro di sollievo, avevo la risposta pronta, perché anche io desideravo farlo allo stesso modo. Annuii con la testa. "Ho fatto l'iniezione."

Ora toccava a Gabe tirare un respiro lungo e pesante mentre la sua mano stringeva il mio seno sinistro. Mentre pizzicava il capezzolo facendomi ansimare. "Perfetto. Ci vediamo in camera da letto. Vado a controllare prima Ashley e mi assicuro che dorma profondamente. Sappilo, ragazzina, non ti scoperò subito. Prima devo mostrarti altre cose."

Feci come mi era stato detto, proprio come avevo sempre fatto in quei giorni a casa di Gabe. Qualunque cosa chiedesse, che si trattasse di portare Ashley da qualche parte o fare una breve commissione per lui, lo facevo con entusiasmo e senza esitazioni. Nulla di tutto ciò mi pesava. Volevo compiacerlo e stasera in particolare lo avrei fatto.

Mentre mi allontanavo da lui e mi dirigevo verso le scale, riuscivo a sentire i suoi occhi bruciarmi sul fondoschiena. Stava finalmente accadendo. Avrei fatto sesso per la prima volta. Stavo per prendere il suo grande cazzo dentro di me. Stavo per essere una brava ragazza, avrei sentito ogni centimetro del suo cazzo, privo di lattice mentre avrebbe riempito la mia figa con tutto il suo sperma. Era così virile che sapevo che sarebbe stato tanto. Così tanto che mi sarebbe scivolato lungo le cosce, mi avrebbe rivestita dentro e fuori.

Ero sia nervosa che spaventata. Ma non potevo più aspettare. *Finalmente*. Non si poteva più tornare indietro e, mentre camminavo verso sua la camera da letto, non potei fare a meno di sorridere.

CAPITOLO QUINTO

Mary

ERA DENTRO DI ME, dentro la mia bocca. Quindi era così che ci si sentiva... a succhiare il cazzo... e lo *adoravo*.

Seriamente, avrei potuto fissarlo - lui - tutto il giorno. Avrei potuto guardare le linee tese del suo viso stando in ginocchio davanti a lui. Ma non era solo per le sue dimensioni, lunghezza e circonferenza... ci sarebbe voluto un intero giorno per venerarli. Ogni parte del suo pene era perfettamente modellata, anche la sua consistenza dentro la mia bocca provocava in me una sensazione di cui non riuscivo a fare a meno. La punta era così morbida. Sembrava così delicata, ma tutto il resto era l'esatto opposto, duro come la pietra. La sua erezione sembrava acciaio contro la mia mano e scavava dentro e fuori dalla mia bocca come un trapano. Non riuscii ad evitare i conati di vomito, mentre la punta si faceva di nuovo strada dentro di me, toccandomi la gola. Probabilmente doveva essere ancora più eccitato per i miei versi, a giudicare dal modo in cui afferrava nei suoi pugni i miei capelli.

Era premuroso, eppure spingeva. All'inizio avevo pensato che non avrei potuto ingoiarlo tutto, ma a poco a poco, era andato più in profondità. La saliva mi colava sul mento e respiravo il suo odore muschiato.

"Ma che brava pompinara per il suo papino."

Lui mi sditalinava, io mi compiacevo per quella bellissima vista, lui seminava una scia di baci caldi sulla mia pelle, era tutto bellissimo, ma succhiarglielo era tutta un'altra cosa. Il sesso accendeva il mio interessa. Per l'intimità di esso. Per il potere dietro le azioni. Lì in ginocchio, avevo sicuramente preso un po' il comando della situazione succhiando il suo cazzo fino alla parte posteriore della mia gola. E il suo eccitamento non aveva fatto che accrescere il mio.

Pazienza, mi ricordai. *Le brave ragazze vengono premiate.*

Le sue mani erano appoggiate sui lati del mio viso, ben ferme sulle mie guance, mentre continuava a spingere il suo uccello dentro e fuori dalla mia bocca. La sua testa cadde all'indietro mentre emetteva una serie di gemiti ruggenti. Più sentivo la mia figa bagnarsi, più lui sembrava primitivo e affamato, come il vero Alfa che era. Ero pronta per lui, più che pronta, e potevo dire lo stesso per lui.

Lentamente, si tirò fuori dalla mia bocca e mi fissò dalla testa ai piedi.

"Non vengo in quella bocca, non prendermi in giro. Saresti molto brava a succhiarmi lo sperma dalle palle, ma lo voglio seppellirlo in fondo a quella figa, non nella tua pancia. Togliti il top, ragazzina."

Avevo ancora la mia canottiera addosso, anche se lui l'aveva tirata su, sopra il mio seno, per guardarlo mentre glielo succhiavo. Ora però, doveva essere una distrazione per lui, così lo sfilai da sopra la mia testa, lasciandolo cadere sul pavimento. La mia gonna era stata strappata via molto tempo prima e ora ero completamente nuda di fronte a lui, inginocchiata ai suoi piedi. Davanti al suo cazzo. Aspettavo le sue prossime istruzioni.

"Vuoi far godere Papà, vero?"

Annuii.

"Sali sul letto allora. Striscia, ragazzina."

Rabbrividii di desiderio al suono della sua voce profonda, dei suoi comandi. Mi sentivo un po' una troietta. La sua troietta. Mentre lui voleva che io fossi una brava ragazza, mi sentivo molto, molto cattiva. Ma quel che papà voleva, papà otteneva, così strisciai verso il letto, poi su di esso, col culo in bella vista, i seni oscillanti mentre mi muovevo, tutto questo mentre lui mi guardava, col cazzo all'aria, ma per il resto completamente vestito.

Mi girai, appoggiai la schiena contro la testiera e lo aspettai. Solo sollevando un sopracciglio mi disse cosa voleva, mi disse che mi stava aspettando. Spalancai le gambe, con la fica aperta e pronta per lui, piangendo e supplicando disperatamente di essere presa.

Le dita di Gabe afferrarono l'orlo della sua camicia, la tirarono via da sopra la testa. I suoi jeans si raggrupparono attorno alle sue caviglie e li scalciò via finché non riuscii a vedere soltanto la pelle nuda. Feci un respiro profondo. Era la prima volta che lo vedevo completamente nudo – che vedevo tutto di lui. La prima volta che vedevo un uomo. Era la mia prima volta in così tanti sensi. I completi a manica lunga che indossava facevano un ottimo lavoro nel nascondere il suo fisico. Era muscoloso, come un nuotatore o un corridore, ma allo stesso tempo non troppo magro o allampanato. La sua pelle era scolpita da linee ben definite e sinuose sotto quei vestiti.

Sembrava stupido, ma l'unico aggettivo che mi veniva in mente per descriverlo tutto, non solo *laggiù*, era "duro". Dalle braccia alle gambe, persino nel petto e negli addominali, era la forza in persona. Forse perché era un architetto. Diceva sempre che avrebbe visitato i cantieri e si sarebbe messo al lavoro. Stare sotto il sole cocente con un martello in mano lo aveva reso duro, e di certo non mi lamentavo.

La mia mente venne riportata alla realtà quando lui si arrampicò sul letto e le sue mani iniziarono a vagare sulla mia carne. Rabbrividii leggermente al suo tocco. Nessun uomo mi aveva mai toccato come lui stava facendo in quel momento. Amavo la sensazione di quelle mani grandi e calde contro la mia pelle morbida. Era una sensazione nuova, sicuramente, alla quale mi sarei dovuta abituare.

"Sei sicura di volerlo fare?" chiese, cercando i miei occhi.

Per tutto il tempo era stato lui a comandare, dicendomi cosa fare, istruendomi su come avrei dato piacere ad entrambi. Mi aveva guidato anche su come succhiare il suo cazzo. Ma fottere la mia vergine figa era un'altra cosa.

Era diverso sentire che mi chiedesse consenso, e non nego che il fatto che me lo chiese mi sciolse il cuore. Lo rendeva ancora più adorabile ai miei occhi. Aveva dominato e controllato, ma sapevo che, per tutto il tempo, si era preso cura di me, assicurandosi che io fossi d'accordo e che volessi tutto ciò che avevamo fatto e che stavamo per fare. È per questo che lo chiamavo papà. Era tutto ciò che cercavo in un uomo, un uomo che comprendeva me e i miei bisogni, sia fisicamente che emotivamente.

Passò un secondo, forse due, prima che finalmente trovassi il coraggio di dire cosa pensavo. Avrei potuto dargli facilmente una risposta rapida e imprevista, ma c'era qualcosa in quel momento che mi spingeva a esprimere i miei sentimenti in tutta franchezza. "Non riuscirei a pensare a nessun altro con cui vorrei farlo. Scopami, papino."

Vidi il sorriso spuntargli sul volto quando pronunciai quelle parole, e non potei fare a meno di ricambiare con un mio sorriso. Si sistemò tra le mie cosce, afferrò un fianco per tenermi aperta.

Proprio in quel momento, sentii la sua punta sfiorare il mio ingresso. I suoi occhi erano fissi sui miei mentre sentivo che entrava, un lento centimetro alla volta. Era grande. Mi stava davvero allargando per bene. Mi stava riempiendo come mai avrei potuto immaginare.

"Papà," respirai, e poi cominciai ad ansimare, mentre lui andava più a fondo.

"Davvero una brava ragazza. Ecco qui. Ti sto riempiendo."

Jane aveva ragione, all'inizio faceva male. Non riuscivo ad aprire gli occhi mentre cercavo di abituarmi a quella sensazione. Gabe gestì la cosa, cioè il fatto che stesse scopando qualcuno che non aveva idea di cosa stesse facendo, molto meglio di quanto mi aspettassi. Pensavo che si sarebbe arreso, che mi avrebbe detto che forse quella sera non avrebbe funzionato, che non voleva sprecare il suo tempo con una vergine quando poteva andare con donne più esperte che non sanguinavano o provavano dolore durante il rapporto. Ma non fece nulla di tutto ciò.

L'unica cosa che fece fu assicurarsi che riuscissi ad accogliere ogni suo centimetro, che riuscissi a farlo entrare facilmente. Ero bagnata, la lubrificazione non era un problema. Ma ero stretta. Davvero stretta.

"E' così grosso."

"Troppo grosso?" chiese, con voce rauca.

Scossi la testa, spinsi ancora un po' verso di lui. Poi

ancora di più, mentre sentivo che diventavo sempre più umida, col suo uccello che andava sempre più in profondità.

Con una mossa a sorpresa mi ribaltò, ora ero a cavalcioni su di lui. I capelli morbidi sulle mie gambe mi solleticavano, incontrai il suo sguardo.

"L'ho preso tutto," dissi, sorpresa e soddisfatta, muovendo leggermente i fianchi per adattarmi a quella nuova posizione.

Lui sorrise. "Già. Hai preso tutto il cazzo di papà. Ora comincia a cavalcare. Su e giù. Così. Voglio guardarti."

Mettendo le mani sulle sue spalle, cominciai ad alzarmi e abbassarmi, impalando la mia figa su di lui ancora e ancora. Guardai Gabe, i suoi occhi erano fissi sui miei seni. Stavano rimbalzando e ondeggiando con i miei movimenti e, quando scesi su di lui cosicché il mio clitoride fosse stimolato, si sporse in avanti e prese un mio capezzolo in bocca.

Quando lo mordicchiò dolcemente io venni, bagnandolo tutto.

"Cazzo, ragazzina, sto per venire." Si indurì dentro di me, poi fece un balzo. Potevo sentire ogni spruzzata del suo sperma riempirmi fino in fondo.

Ero sudata e disordinata mentre cercavo di togliermi. Proprio come immaginavo, la sua sborra continuò ad uscire e ricoprì le nostre cosce. Di colore trasparente misto a rosso, mostrava ciò che aveva fatto. Mi aveva scopato per la prima volta. Mi aveva fatta sua. Mettendo le mani sui miei fianchi, mi fermò.

"Lascia che papà rimanga dentro di te per un altro minuto. Non capita tutti i giorni di avere la patatina della mia piccolina."

Sporgendomi verso di lui lo baciai, contenta che fosse stato lui la mia prima volta. Quella sera tornai a casa con lo sperma di Gabe ancora gocciolante dalla figa e sulle cosce.

Mi rifiutai di lavarmi, per godermi il suo sperma che mi aveva marchiato e che mi faceva sentire calda e appiccicosa.

IL MATTINO seguente non volevo svegliarmi. Avevo sognato Gabe, le sue mani, la sua bocca, la sensazione di averlo dentro di me – la prima volta che avevo fatto sesso. Volevo pensare soltanto a quello, ma fui svegliata da mia madre che mi urlava contro con dei volantini in mano.

"Perché ci arriva la posta dal college della città?" chiese, aprendo con forza le persiane e sedendosi su un lato del mio letto.

Emisi un grugnito e provai a coprirmi gli occhi dalla luce intensa. Ero tornata a casa tardi e non avevo preso sonno subito. Probabilmente mi ero fatta solo cinque ore di sonno e di certo non avevo bisogno che mia madre mi urlasse nelle orecchie. Non le importava che fossi tornata tardi la sera prima, che mi fossi scopata il mio capo o che avessi persino perso la verginità. Le importava soltanto dei volantini del college locale perché avrebbero potuto rovinare i suoi piani.

"Mi sono iscritta alla newsletter..." non volevo sedermi, né intraprendere una conversazione seria. Non volevo parlare e litigare con lei. Volevo solo sognare e pensare a Gabe. Potevo sentire il dolore tra le mie gambe. Il suo cazzo era stato enorme dentro di me, non ero abituata a quella grandezza. Ero dolorante nel punto in cui aveva sfondato il mio imene e sentivo lo sperma secco sulle mie cosce. Per un attimo dimenticai di cosa stessimo parlando, ma quando vidi la sua espressione adirata mi concentrai su di lei, non sulla mia fica favolosamente usata. "Non pensavo che mi avrebbero scritto".

"Non ne abbiamo già parlato? Il miglior piano di studi

per te è nella scuola dall'altro lato del paese. Perché vuoi rinunciare al tuo futuro e startene qui? Vuoi che ti mantenga a vita? È questo che vuoi?" Lanciò i volantini sul letto e mi guardò minacciosa. "Ti ho sempre fatto fare la bella vita, ti ho dato tutto ciò di cui avevi bisogno e che volevi. Mary, non posso farlo per sempre. Dovrai essere indipendente un giorno, e comincerai ad esserlo dalla fine dell'estate, quando andrai al college."

Non mi ero mai resa conto di quanto velocemente il mio umore potesse peggiorare fino a quel momento.

"Lo so, mamma." Feci del mio meglio per non alzare gli occhi al cielo di fronte a lei. "Non sto dicendo che non andrò al college. Voglio stare qui perché è più conveniente per me. È questo quello che vuoi, giusto? Vuoi che sia intelligente? Che riesca a vivere per conto mio? So che pagheresti le tasse se scegliessi di frequentare l'altra università, ma che mi dici di vitto e alloggio? Dovrei trovarmi un lavoro, e non è detto che ci riuscirei. Qui posso continuare a lavorare per Gabe e fare da babysitter ad Ashley. Sarebbe un lavoro flessibile grazie al quale riuscirei a pagarmi le spese. Non dovrei preoccuparmi di cercare altri lavori qui, dato che ne ho già uno. Non dovrò dipendere da te."

Quelle parole la zittirono. Non se lo aspettava. Mia madre pensava fossi un'idiota, una che riusciva a cavarsela solo grazie alla sua bellezza. Pensava che un lavoro come insegnante d'asilo fosse stupido. Ma io non ero come lei. Dopo la mia risposta, non poté far altro se non starsene a bocca chiusa. Non sapeva cosa dire perché avevo ragione. Avevo un lavoro con Gabe. Almeno fino a quando la mamma di Ashley non sarebbe tornata, ma forse avrei potuto lavorare anche per lei.

Poco dopo, si voltò e uscì dalla stanza. Discorso chiuso, almeno per il momento, ma non riuscivo a smettere di pensare a quello che era appena successo. Mia madre e io eravamo... civili. Questo è il modo migliore per dirlo. Era stata talmente impegnata col suo nuovo fidanzato che a malapena riuscivamo a parlare o a beccarci. Non mi voleva fra i piedi, era ovvio. Mi chiedevo addirittura se mi amasse. Ero più come una coinquilina in casa piuttosto che una figlia. Forse dovevo andarmene. La situazione stava diventando tossica. Lei era tossica. Avevo bisogno di una boccata d'aria fresca. Avevo bisogno di spazio. Avevo bisogno di Gabe.

CAPITOLO SESTO

abe

NON VEDEVO l'ora di vederla - Mary. Dopo la scorsa notte, non riuscivo a togliermela dalla testa.

Cristo. La sua figa, i suoi capezzoli, i suoi piccoli gemiti. Il modo in cui si era avvicinata e aveva stretto il mio cazzo come una morsa. Il modo in cui mi aveva chiamato papà.

Non avevo mai fatto quella roba prima di quel momento, ma con lei sembrava normale e giusto. Aveva bisogno di un po' di autorità, di un po' di dominio, e se aveva problemi col padre, sarei stato felice di risolverli. Sapevo che suo padre non compariva nelle foto e che sua madre era una puttana che la voleva fuori di casa. Cazzo, voleva Mary dall'altra parte del paese per non farla interferire con la sua ultima avventura.

Non c'era da stupirsi se cercava conforto in me. Non mi meravigliava che volesse me per la sua prima volta. Non avrei permesso a nessun ragazzino dalla faccia brufolosa di toccare la sua pelle pura. Se qualcuno l'avesse profanata, quello sarei stato io. E infatti così era andata. Cazzo, era rimasta nell'angolo come una ragazzina in punizione, mostrandomi il suo culo con sopra la mia impronta rosa.

Se non le fosse piaciuto, non l'avrei fatto, ma i suoi capezzoli si erano induriti ancora di più, le sue guance si erano arrossate e la sua figa era praticamente gocciolante come un rubinetto mentre lei mi obbediva.

Ero di nuovo duro, afferrai la base del mio uccello. Inutile dire che mi ero svegliato col durello e mi ero buttato sotto la doccia. Finii rapidamente: fu facile, quasi senza sforzo. Dovevo solo pensare a lei, a quei seni pieni e al suo culo, alla vita sottile e alle gambe snelle. Lei era la fantasia di ogni uomo, ed era mia. Venni di nuovo, stupito dalla quantità di sperma che mi stava uscendo dalle palle. Dovevo fermarmi, dovevo tenerlo da parte per lei. Per riempire quella figa e guardarla gocciolare.

Le scrissi la mattina presto dicendole di venire a mezzogiorno, non al suo solito orario, in modo da poter dormire. L'avevo fatta lavorare duramente la scorsa notte. Avrei preparato il pranzo per entrambi. Le dissi che avrei lavorato da casa, e che quindi la mattina potevo occuparmi di Ashley. Nel pomeriggio sarei dovuto andare ad un convegno e mi faceva piacere sapere che, al mio ritorno, sarebbe stata qui in casa. L'avrei di nuovo trovata con una gonna da troia e senza reggiseno? Merda, il mio cazzo cominciò a gocciolare con il liquido pre-seminale.

Ci mise un po' a rispondere, dicendo che sarebbe venuta all'ora di pranzo. Bene. Non avrei aspettato ancora per molto prima di metterle le mani addosso. Sapevo di avere un ghigno merdoso sul mio viso. Non era più vergine. Grazie a *me*. Quel pensiero mi mandava in estasi. C'era qualcosa di così eccitante nel fare sesso con una vergine. Una vergine sexy e impertinente di nome Mary.

Mi faceva sentire speciale, il fatto che tra tutte le persone con cui poteva perderla, avesse scelto proprio me. Sapevo che ragazzi e uomini se la litigavano per uscirci o andarci a letto. Con un corpo e un viso come i suoi, c'era da aspettarselo. Eppure, lei aveva scelto me, e io non avevo intenzione di condividerla con nessun altro. Se un ragazzo fosse venuto ad annusare, avrebbe scoperto a chi appartenesse. A chi apparteneva quella figa. L'avevo marchiata per bene.

Non vedevo l'ora di fissare i suoi occhi color smeraldo. Adesso ce li avevo stampati in mente. Non mi importava di essere un cretino sdolcinato, fissandoli mi ci sarei potuto perdere. Sapevo esattamente perché fossi attratto da Mary. Non era solo la sua bellezza, ma anche la sua personalità.

Era indipendente e non si faceva mai mettere i piedi in testa da nessuno, eppure, al di sotto di un contegno così forte e gelido, sapevo che era la donna più amorevole, comprensiva e premurosa che, con gran piacere, avessi mai potuto incontrare. E aveva anche un lato sottomesso che voleva soltanto compiacermi. Obbedirmi. Faceva sempre come chiedevo, se doveva portar Ashley al parco o anche spogliarsi di fronte a me e giocare con sé stessa. Faceva tutto ciò che chiedevo senza esitazioni e domande. Mi chiedevo cos'altro avrebbe fatto per me a comando. Non essendo più vergine, non vedevo l'ora di provare con lei tutte le porcherie possibili. Poteva anche essere perfetta e corretta fuori da questa casa, ma con me era una ragazza sporca e sconcia.

Non vedevo l'ora di vederla, e con tutto il lavoro che dovetti sbrigare, quel momento arrivò rapidamente. Prima che potessi accorgermene, stavo correndo giù per le scale per aprire la porta, quando suonò il campanello.

Nel momento in cui la aprii per accoglierla, capii che

qualcosa non andava. Aspettavo sempre con impazienza di vedere il suo sorriso giovanile o un sorrisetto malizioso. Sapeva come usare dolcezza e sensualità a suo vantaggio e al momento giusto. Al mio cazzo piacevano entrambe le cose, e reagiva sempre. Ora, però, non c'era nessun tipo di sorriso sul suo viso, e sentii un'improvvisa stretta al cuore. Qualcosa non andava, e volevo vederla sorridere di nuovo.

"Tutto bene, ragazzina?" chiesi, appoggiandole una mano sulla spalla. Usavo quel vezzeggiativo con lei per farle capire che volevo mi rispondesse o che altrimenti sarebbe finita sulle mie ginocchia.

"Sto bene", fu la sua risposta. Sapevo bene di non poter lasciar perdere. Avevo avuto abbastanza ex ragazze da sapere che "Sto bene" significava che qualcosa di certo non andava bene.

"Sai che puoi dirmi qualsiasi cosa, vero?" improvvisamente mi venne in mente uno strano pensiero, un pensiero che in realtà mi fece innervosire. "C'entra per caso la scorsa notte? Ti penti di quello che è successo?"

Tirai quasi un enorme sospiro di sollievo quando scosse automaticamente la testa. I suoi occhi si spalancarono e le sue labbra si aprirono per gridare: "No! Certo che no! È solo che..."

Doveva avere un santo in paradiso, perché in quel momento Ashley cominciò a piangere, e Mary non si fece scappare quell'occasione per interrompere bruscamente la nostra conversazione e lasciarmi preoccupato per lei, con un milione di altre domande nella mia testa. Non avevo intenzione di lasciar perdere. Non doveva tenersi tutti i problemi per sé. Dovevo farle capire che poteva parlare con me. Le avrei dimostrato che c'era dell'altro oltre al semplice sesso. Avevamo a disposizione tutto il pomeriggio.

Dopo tre ore, quando Ashley andò a letto per un pisolino, io e Mary e potemmo di nuovo parlare. Le chiesi di seguirmi nel mio ufficio e andai a sedermi sulla mia sedia, lei si sedette su quella di pelle dall'altra parte della mia scrivania. Senza pensarci due volte scossi la testa.

"Siediti sulle mie ginocchia", dissi, dandomi una pacca sulla coscia.

Si bloccò per un secondo prima di avvicinarsi a me. Con le gambe penzoloni sulla mia coscia sinistra, mentre le stringevo un braccio intorno alla vita, emise un tranquillo sospiro di sollievo.

"Ora dimmi cosa c'è che non va..."

"Sembri un papà", fu la sua risposta immediata. "Anche se non so davvero come dovrebbe comportarsi un padre. Il mio non c'è mai stato." Si corresse velocemente. "O almeno, ti comporti come credo che un papà dovrebbe comportarsi..."

"E' per questo che mi chiami papà, non è vero?" chiesi, con una mano sul lato della sua vita mentre l'altra si avvolgeva intorno alla sua nuca. Volevo che mi guardasse, che non mi nascondesse nulla. "Sono qui per ascoltarti e aiutarti e darti tutto ciò di cui hai bisogno, che sia una bella scopata passionale o una sculacciata sulle mie ginocchia."

Stava cercando di trattenere le lacrime, ma dovevo farle capire che non aveva nulla di cui preoccuparsi. Piangere andava bene, soprattutto se fossi riuscito a stringerla fra le mie braccia mentre lo faceva. Dolcemente, spostai le mani dalla sua vita e dal suo collo per avvolgerle strette attorno al suo busto, tirandola a me in modo che la sua testa fosse nascosta sotto il mio mento.

Cominciai a giocare con i suoi capelli, ad accarezzarli delicatamente, e fu allora, alla fine, che si ruppe. Mi disse che lei e sua madre avevano litigato, mi disse che non voleva trasferirsi dall'altra parte del paese, che voleva rimanere in città e lavorare in un asilo. Mi disse che, se fosse rimasta qui, avrebbe avuto già un lavoro, ma sua madre voleva tutt'altro. Alla fine, fu in un lago di lacrime, e le mie braccia si strinsero ancora più forte intorno a lei. Alzai la testa dalla sua prima di iniziare a baciarla sulle labbra, sulle guance e sulla fronte. Le mie braccia rimasero intorno a lei, non la lasciarono mai andare, e intanto le sue mani si erano avvolte attorno alla mia vita, fino alle mie spalle. Mi abbracciò più forte che poteva, e fu la sensazione più tenera di sempre.

"Andrà tutto bene, Mary," dissi. "Io ci sono sempre per te."

Annuì con la testa, chiudendo e aprendo le labbra di tanto in tanto. Alla fine, disse: "Mi aiuterai a fare domanda alle università della città? Ho già fatto delle ricerche e ce n'è una che offre l'abilitazione per l'insegnamento."

Le sorrisi.

"Certo!" scossi la testa e le dissi che non aveva bisogno di essere così nervosa nel chiedermi aiuto. Le ricordai di nuovo che poteva venire da me per qualsiasi cosa, poi la aiutai ad alzarsi dalle mie ginocchia e le dissi che ci saremmo subito messi all'opera. "Cominciamo subito!"

Pensava la stessi prendendo in giro. Ma io facevo sul serio, così la feci sedere su una sedia accanto alla mia, le diedi il mio portatile per andare sul sito. Iniziò a compilare la domanda e, dopo due ore di diligente impegno da parte sua, mentre io avevo lavorato al mio ultimo progetto accanto a lei, il modulo fu completato e presentato. Le dissi che l'avrei aiutata a fare alcune ricerche anche per qualche altro college locale, cosicché avrebbe avuto più opzioni fra cui scegliere.

"Sono sollevata di sapere che ho diverse opzioni, che potrei davvero riuscire a rimanere in città," disse, chiudendo il portatile. Si sedette di nuovo sulla sedia, sembrava prosciugata.

Aveva bisogno di una pausa e mi passò per la testa un'idea sconcia. Comunque, non ci pensai due volte, e, poiché sapevo che sarebbe piaciuta anche a lei, mi chinai, misi le mie mani sulla sua vita, la sollevai dalla sedia e posai il suo culo sulla scrivania. Spinsi via le varie carte, mi sistemai sulla sedia e allargai le sue gambe. Quando si rese conto di quello che stavo per fare inspirò intensamente, prima di prendere una manciata dei miei capelli, poi li strizzò e lasciò cadere la sua testa all'indietro.

Senza esitazione, con impazienza e con un sorrisetto malizioso che mi tingeva le labbra, le tolsi le mutandine. Quando il mio dito sfregò debolmente contro il suo clitoride inarcò la schiena, quando mi chinai e con la lingua stuzzicai il suo ingresso emise un gemito ovattato e femminile. Volevo leccarla lentamente. Farle scoprire che c'era più di un modo per darle piacere.

Volevo gustare il momento mentre la leccavo, perché, cazzo, aveva un sapore così buono, e volevo regalarle una bellissima esperienza. Non volevo correre, visto che era la prima volta che qualcuno gliela leccasse. Volevo sentire le sue urla, sentire le sue dita aggrovigliarsi tra i miei capelli, i gemiti affannati, l'eccitazione gocciolante.

"Gabe... ah..." la sua voce femminile riempì la stanza, e potei sentire il mio cazzo crescere sempre più forte. Voleva entrarle dentro, ora, ma non aveva voce in capitolo. Almeno non in quel momento. La sua femminilità era davvero la cosa più eccitante. "È così bello..."

Infilai un dito dentro, trovai quel piccolo uncino dentro la sua figa. La faceva scatenare come un fuoco d'artificio. Sembrava così profondo quando non lo era davvero, e aveva sempre fatto impazzire ogni donna, e dal modo in cui Mary gemeva e spingeva i suoi fianchi contro le mie dita, capii che anche a lei stava piacendo tantissimo. Dopo un po', volli incrementare l'intensità della sua esperienza, così iniziai a leccargliela, succhiargliela e mordicchiarla. Allo stesso tempo, cominciai a muovere le dita molto più velocemente dentro e fuori, e sentii che lei iniziava a tremare contro di me.

"Sto venendo... Gabe... Sto per..."

"Lasciati andare, piccola", dissi. "Rilassati... lascia che papà assaggi i tuoi liquidi."

E fu il gusto più dolce che avessi mai assaggiato, sia in senso figurato che letterale. Inondò il mio dito mentre leccavo ogni goccia del suo desiderio. Posso dire con certezza che ci volle un po' prima che finalmente si alzasse dalla mia scrivania. Non riuscivo a non sorridere come un ragazzino nel vederla così stordita e assuefatta. Già, ero dannatamente bravo a far godere la mia ragazza.

CAPITOLO SETTIMO

Mary

Mi precipitai a casa di Gabe, desiderosa di condividere con lui la bella notizia. Non potevo crederci, *cazzo*. Strinsi i documenti nella mano e salii in macchina il più velocemente possibile. A casa mia non c'era nessuno, mia madre era andata in città col fidanzato, quindi non c'era nessuno che potesse rimproverarmi e dirmi che stavo prendendo una pessima decisione. Sapevo che questa era la decisione giusta e lei era semplicemente egoista. La cosa non la riguardava affatto. Riguardava me, quello che volevo io, ciò che mi rendeva felice.

Suonai il campanello e, nella mia eccitazione, realizzai soltanto allora che non ero nemmeno sicura che fosse a casa. Non dovevo passare quel giorno. Era il mio giorno libero, e non ero mai andata a casa sua durante un giorno libero.

All'improvviso mi sentii nervosa. E onestamente non

sapevo nemmeno perché. Gabe era sempre stato di supporto, eppure ora, all'improvviso, mi sentivo sciocca, arrivare fin sotto casa sua per un capriccio. Gli avrebbe fatto piacere? *Dove poteva essere?* Cominciai a farmi mille ansie. Ieri, quando eravamo insieme, non mi aveva parlato dei suoi programmi per quel giorno. Aveva solo accennato al fatto che il periodo nero in ufficio era passato e che quindi era entusiasta di godersi un periodo più calmo sul lavoro. Ciò significava che avremmo potuto trascorrere del tempo insieme, ma allora perché oggi non mi aveva invitato a casa sua? Approfittava di me solo quando dovevo occuparmi di Ashley? Mi scopava durante i miei giorni di lavoro in modo che fosse solo una questione di lavoro con qualche vantaggio? A quel pensiero, non potei evitare l'improvvisa sensazione di un vuoto al cuore. Stavo diventando paranoica e asfissiante, due cose che ammosciavano sempre gli uomini.

Mi misi le dita sulle tempie e cominciai a strofinare. Respirai profondamente e mi imposi di non essere una stronza gelosa di chiunque fosse con lui in quel momento. Non eravamo una coppia, ma l'idea che lui potesse dire ad un'altra donna di andare nell'angoletto mi faceva venire istinti omicidi. Aveva giocato a fare il papà con qualcun'altra? Non avevamo ancora stabilito che tipo di relazione avessimo, ma *fanculo*, non volevo ammetterlo e non lo avrei mai ammesso, ma cominciavo a provare dei sentimenti per lui. *Molto* profondi. Quelli che mi facevano desiderare di essere la sua unica ragazzina, di essere l'unica a cui la leccava e succhiava, l'unica che si scopava e di cui si preoccupava.

Uff. Chiusi gli occhi con tutte le mie forze e, con un tempismo perfetto, la porta si aprì e fissai quegli occhi azzurri familiari come avevo fatto ieri e nei giorni precedenti. Il mio cuore sobbalzò alla sua vista.

"Mary... sei qui," disse lui, sconvolto in viso. "Stai bene?"

"S-sì..." balbettai un po', finché non rimediai il miglior sorriso possibile. "Sono venuta perché..." Strinsi i documenti nella mano e lui capì. Lentamente, allungò il braccio e prese le carte dalle mie mani, gli diede un'occhiata. Un sorriso gli illuminò lentamente il viso.

"Una lettera di ammissione per un programma di insegnamento *e* un'offerta di lavoro in una scuola materna?" il suo viso si distese in un sorriso a trentadue denti, da un orecchio all'altro, ma ciò che mi sorprese di più fu che annullò la distanza tra noi stampandomi un bel bacio sulle labbra.

"Sono così orgoglioso di te."

A quelle parole mi sciolsi fra le sue braccia, mentre lui mi portava dentro e prendeva a calci il portone per chiuderlo dietro di noi.

GABE

"A che ora... tua madre... porta Ashley?" mi chiese Mary tra due respiri pesanti.

Passammo l'intera giornata a guardare film, da commedie romantiche e drammatici a film d'azione e in lingua straniera. L'unica volta i cui ci prendemmo una pausa dall'osservare il mio enorme schermo TV fu quando chiamai il ristorante cinese lì vicino per la consegna. Avevo chiesto a Mary se volesse uscire per festeggiare le sue due vittorie – l'ammissione nel college in cui voleva andare e la proposta di lavoro - ma lei preferiva restare in casa a farci due coccole.

Ero così carino, diceva lei - che voleva coccolarmi e avermi tutto per sé. Vedevo un altro suo lato. Di solito era così sicura di sé, sia per il modo in cui si muoveva che per come si comportava, e vederla timida e insicura per un momento fu uno spettacolo che mi sarebbe per sempre rimasto impresso nella mente. Il fatto che mi mostrasse ogni suo sentimento, beh, mi faceva sentire come una cazzo di rockstar.

"Gabe..." espirò pesantemente.

Sotto le spesse coperte, le mie dita si erano avvicinate alle mutandine e le sfregavano il pizzo. Notai che il suo respiro era cambiato e non stava più guardando il film. Chiuse gli occhi per un momento mentre la sua testa cadeva all'indietro e, con un gesto deciso, avvolse le dita attorno al mio polso e mosse la mano sotto le mutandine, mostrandomi esattamente dove voleva che toccassi e con quanta forza.

"Non verranno stasera. La prossima settimana "dissi, senza smettere di giocare con le dita. "Ne ho abbastanza di Ashley e mia madre." Erano le ultime due persone a cui volevo pensare in quel momento, con la mia mano dentro le mutandine di Mary.

E con quella mano, feci girare velocemente i nostri corpi. La sua schiena era distesa sul divano mentre la facevo mettere a gambe divaricate. Le mie dita continuarono a muoversi e stuzzicare la sua figa, e le sue mani vagarono sulla mia schiena fino a che non si fermarono sull'orlo della mia maglietta per toglierla. Lo feci, con piacere. Mi tirai la maglietta sopra la testa e la buttai sul pavimento prima che cominciassi a toglierle la canottiera. Non potei fare a meno di sorridere ampiamente alla vista del pizzo sul suo petto.

"Indossi un reggiseno", dissi. "Non lo porti mai." Anche se di solito mi piaceva l'accesso facile che la sua carne nuda mi assicurava, comunque la lingerie sexy faceva pulsare il mio uccello.

Emise una risatina leggera e femminile. *Ah... musica per*

le mie orecchie. "Non ci ho pensato a cambiarmi. Mi sono subito precipitata qui quando ho ricevuto quelle lettere." La piena sicurezza di sé era tornata in lei, e mi guardava con il sorriso più malizioso di sempre. "Lo sai perché non indosso mai un reggiseno."

"E perché?" chiesi, mentre le mie dita affondavano dentro di lei, e lei staccò la schiena dal divano, la inarcò, per spingermi più a fondo.

"Stavo cercando di convincerti a fare sesso con me."

"E io mi sono preso la tua verginità."

"Hai fatto molto di più." Il sorrisino sul suo viso si addolcì, e fece una mossa per togliersi i pantaloncini di jeans e le mutandine. Chiaramente, quella pomiciata non era sufficiente per la mia piccola volpe. "T- tu ti... tu ti preoccupi per me. Non mi stai soltanto istruendo costantemente sul sesso, ma sulla vita in generale. Gabe... sei tu quello che mi ha aiutata a iscrivermi all'università e ad ottenere un lavoro nella scuola materna. Hai fatto più di chiunque altro... più di mia madre ... sei come un fidanzato e, allo stesso tempo, un padre. Ti prendi cura di me e... Io- "

Si fermò lì. All'improvviso sembrò nervosa, ma lo nascose chiudendo gli occhi e concentrandosi sul modo in cui le mie dita spingevano dentro e fuori da lei. Non volevo che fosse nervosa, non volevo succedesse mai quando era con me. A questo punto avrebbe già dovuto capire che ci sarei sempre stato per lei. Ma sembrava che non lo sapesse, che avesse detto troppo o che avesse detto qualcosa di troppo serio troppo presto. Non sapeva che era quella giusta per me? Altrimenti non l'avrei scopata.

"Penso che mi piaccia," dissi, mettendole un dito sotto il mento cosicché mi guardasse. "Essere il tuo ragazzo e il tuo papà allo stesso tempo."

A quelle parole i suoi occhi si spalancarono e cominciò a

cercare i miei. A cercare la verità. Lentamente, il nervosismo e la ruga sulla sua fronte cominciarono a scomparire, ma rimaneva ancora qualche traccia, e così cercai di farla rilassare. Era con me. Non doveva spaventarsi di nulla.

Avvicinai il mio viso al suo e posai baci morbidi ma decisi sulle sue labbra. Le sue mani si spostarono sui miei vestiti, mi sfilarono la maglietta da sopra la testa e mi tolsero i pantaloncini dalle gambe fino a che non fui nudo, e il mio uccello fu contro la sua coscia. Aveva ancora il reggiseno e le mutandine, ma rimuoverli sarebbe stato semplice, e anche molto bello.

"Gabe..." sospirò, quando sentì che spingevo il mio cazzo dentro di lei. Inarcò di nuovo la schiena staccandola dal divano per farmi entrare meglio. Non era più vergine, adesso la sua figa si dilatava bene per me. L'avevamo fatto in tanti modi da quella prima volta, ma dovevo ancora e ancora venirle dentro con calma e in profondità. Le ero venuto in bocca uno di quei giorni, ma non ero pronto a smettere di scoparla.

Spingevo e spingevo fino a che non potevo andare più in profondità, la testa del mio uccello urtava la fine del suo stretto passaggio. La guardai, vidi il sorriso sul suo viso e non potei fare a meno di baciarla di nuovo. C'era semplicemente qualcosa in lei - molte cose in realtà. Non riuscivo a individuarne solo una. Mi faceva provare così tante emozioni, e non avrei mai voluto che quei sentimenti andassero via. Rendeva la mia vita migliore, soprattutto con i suoi sorrisi e, naturalmente, con quel sesso super eccitante. Ad ogni spinta della sua anca, ad ogni suo urlo affannato, pensavo: "Mia".

"Cazzo..." gemetti, quando allargò le gambe ancora di più, cosicché il mio uccello potesse andare ancora più a fondo. Appoggiò le sue caviglie sulle mie spalle, i suoi gemiti si fecero più forti - quasi delle urla - mentre continuavo a spingere dentro e fuori da lei. Cazzo, come faceva ad essere così brava?

"Così arrapante", mormorai.

Si aggrappò ai miei capelli, ai suoi seni, al mio culo, al suo clitoride, mentre cominciavo a riprendere il ritmo. Stava urlando ora, stava gridando il mio nome perché i vicini lo sentissero. Non mi importava. La adoravo quando urlava. Era come il mio trofeo per averla conquistata. Era sicuramente una botta di vita per il mio ego il modo in cui si perdeva in quello che le facevo, ma, soprattutto, mi faceva capire che ogni centimetro del mio grosso cazzo non solo le piaceva, ma la mandava in estasi.

"Mary..." sospirai il suo nome e lei capì cosa significasse. Sentii il mio cazzo balzare dentro di lei, e subito il mio sperma le inondò la figa. Continuai a spingere lentamente, dentro e fuori, e quando alla fine uscii, entrambi sorridemmo alla vista del mio sperma appiccicoso che le gocciolava dal buco.

"Già, non sei più una vergine. Quella fica è mia." Incontrai i suoi occhi verdi. "Giusto, ragazzina?"

"Si papà. La mia figa è soltanto tua."

"Vieni qui", le dissi, allungando il braccio, così che potesse appoggiare la testa sul mio petto. Il mio divano aveva le giuste dimensioni, entrambi potevamo sdraiarci schiacciati l'uno contro l'altro. Si rannicchiò più vicino a me, le nostre gambe si intrecciarono e misi il mio braccio sul suo seno. Piantai un dolce bacio sui suoi capelli.

"Lo sai che non ti lascerò andare ora, vero?" dissi. Quando mi guardò con gli occhi pieni di sorpresa e amore, sorrise.

"Ne sarei entusiasta, dal momento che non voglio andare da nessuna parte."

CAPITOLO OTTAVO

*M*ary

"Mary..."

Udii la sua voce. Era quasi implorante, eppure ancora autorevole. Era il mio papà. Sapevo che non lo era per davvero. Dio, no, sarebbe stato schifoso. Ma aveva tutto quello che cercavo in un uomo. Era empatico, ma allo stesso tempo dominante. Adesso lo chiamavo così - papà - molto apertamente e ogni volta lui rispondeva in modo positivo. Mi diceva di sedermi sulle sue ginocchia o di accoccolarmi a lui, e io amavo farlo. Era così grande e caldo contro la mia piccola ossatura. Ogni volta che ero con lui, sentivo che non mi sarebbe mai successo nulla di brutto, perché mi avrebbe protetta.

"Mary," disse di nuovo, camminando verso il punto in cui ero seduta sul divano. Come faceva sempre, avvolse le braccia intorno alla mia vita e mi tirò a sé, sulle sue ginocchia. Affondai la mia faccia nell'incavo del suo collo e tirai un sospiro di sollievo. Mi sentii subito a mio agio, come se potessi chiudere gli occhi e addormentarmi. "Che succede? Dai, dì a papà cosa c'è che non va. Non ti ho già detto, due sere fa, che non ti avrei lasciata andare?"

Annuii.

"Vedi, allora vuol dire che dobbiamo aprirci l'uno con l'altra. Non possono esserci segreti tra noi se vogliamo che tutto funzioni... sai," proseguì, facendo una pausa e poi continuò, "Il per sempre è un periodo molto lungo per nascondere dei problemi all'altro."

Non aveva bisogno di incitarmi ad aprirmi. Con Gabe mi sentivo al sicuro. Ancora meglio, sapevo che mi avrebbe aiutata a superare i miei problemi. Quella notte mi aveva detto che non mi avrebbe mai lasciata andare, e avevo sentito e percepito la sincerità nelle sue parole e nelle sue azioni. Non stava solo sparando cazzate. Era un vero uomo, non lo avrebbe mai fatto. Quella notte, per tutto il tempo, mentre dormivamo, mi strinse forte tra le sue braccia e contro il suo petto.

Con tutti quei pensieri, non riuscivo più a controllare i miei sentimenti. Le lacrime cominciarono a velare i miei occhi, e aumentarono quando lui mi abbracciò ancora più stretta e cominciò ad accarezzarmi i capelli.

"È... è solo che..." *Fanculo*. Non ero bella quando piangevo. Gli occhi mi diventavano gonfi e rossi, mi colava il moccio dal naso, e le lacrime bagnavano e rendevano appiccicosi dei ciuffi di capelli. Ma i miei sentimenti... *Merda*, non riuscivo più a controllarli... e Gabe, che mi stringeva a sé con tanto amore e tanta cura, come se stesse cercando di far uscire quelle lacrime, non aiutava. "Questa settimana... è s-solo che, è stata così, *così* s-stressante... ho... ho avuto un brutto litigio con mia madre." Mi asciugai il naso col dorso della mano. "Io-io non voglio restarci... i-in quella casa, quindi io e la mia amica, Sally, ab-abbiamo cominciato a cercare... q-qualche appartamento in cui andare a v-vivere insieme."

"Shhh..." disse, giocando ancora con i miei capelli. Si sedette più dritto sul divano, così potei appoggiare la testa sul suo petto, e io adoravo quella sensazione. Quando gli dissi che non volevo sporcargli la maglietta col moccio, mi rispose di calmarmi e che non gliene fregava. Quello che era importante per lui era che io esprimessi i miei sentimenti, in modo che poi potessi sentirmi meglio.

Riuscivo a pensare soltanto a quanto fossi stata fortunata ad averlo incontrato. Mi aveva offerto un lavoro quando ne avevo bisogno e mi aveva assunta nonostante i miei atteggiamenti sfacciati e provocanti, perché volevo si prendesse la mia verginità, ma mi aveva dato molto di più.

Adesso mi stava promettendo il mondo, si stava assumendo un'enorme responsabilità. Sapevo di essere un peso per lui, ma mi trattava come se, avendomi al suo fianco, fosse l'uomo più fortunato del mondo. E anch'io mi sentii davvero fortunata quando disse: "Smetti di cercare appartamenti. Posso aiutare la tua amica, Sally, a cercarsi una casa per conto suo, ma tu resterai qui da me."

Il mio pianto si fermò per un momento quando alzai la testa per guardarlo. Era davvero serissimo. *Voleva che mi trasferissi da lui?!* Ma non era un passo troppo grande?

"Mary... ti ho detto più e più volte che sei mia," riprese a dire, sollevando le labbra in un sorriso. "Quando inizierai a credermi?"

Mi ci volle un po' per rispondere. Sapevo già cosa stessi per dire. Era solo che... non potevo credere che stesse accadendo per davvero. Ero così preoccupata di dover cercare una nuova casa, e lì, su due piedi, Gabe aveva risolto il mio problema in meno di un minuto. Le lacrime ricominciarono a sgorgare. Non potevo farci niente. Non riuscivo a credere che avrebbe davvero fatto questo per me. Ora non potevo avere più alcun dubbio. Ci teneva davvero.

Gli risposi azzerando la distanza tra le nostre labbra. Quando aprì la bocca, inalai il suo respiro prima di allungare la lingua per giocare con la sua. Le sue braccia si strinsero intorno a me, e le mie dita iniziarono a giocare con i suoi capelli. Cominciò a spingermi all'indietro per sdraiarsi sul divano, quando suonò il campanello. Lui lo ignorò, non avrebbe risposto, avremmo continuato a pomiciare, ma, quando suonarono di nuovo, si spinse via da me con un'espressione irritatissima, come se stesse per uccidere qualcuno. Mi sedetti sul divano aspettando che tornasse.

Invece, udendo una voce familiare, sentii un brivido freddo corrermi sulla spina dorsale. Prima che potessi accorgermene, stavo guardando mia madre dritto negli occhi.

CAPITOLO NONO

 abe

Fanculo.

Non avrei aspettato altro tempo. Erano passati tre giorni e Mary non si era ancora fatta viva. La sera in cui sua madre aveva bussato alla mia porta, ebbi l'occasione di vederle interagire, e, onestamente, non mi aveva fatto una bella impressione. Dal modo in cui si muoveva e parlava, la madre di Mary non riusciva a guadagnarsi il mio rispetto. Non mi capacitavo di come una persona così bella, premurosa e comprensiva come Mary potesse essere uscita dal suo grembo. Erano così diverse l'una dall'altra, tranne forse per gli occhi verdi, ma anche quelli, a guardarli bene, avevano due sfumature diverse. Gli occhi di Mary erano di un verde smeraldo brillante, mentre quelli di sua madre erano di un verde torbido. Scossi la testa e interruppi il mio pensiero.

Odiare sua madre non avrebbe migliorato le cose. Dopo aver atteso tre giorni senza nemmeno una telefonata, decisi di prendere in mano la situazione.

Parlai con Greg, il quale a sua volta parlò con Jane, la quale sapeva dove vivesse Mary, e così riuscii a recuperare il suo indirizzo. Non avevo idea del perché, cazzo, non sapevo dove abitasse. Jane era stata titubante all'inizio. Mi mise in guardia, dicendomi che, se fossi andato di mia iniziativa e avessi trovato anche la madre in casa, questa avrebbe sfogato tutta la sua rabbia su Mary. Chiesi a Jane di essere specifica e spiegarmi cosa intendesse. La picchiava? Avevo visto e toccato ogni centimetro del corpo di Mary, e non avevo visto alcun segno o livido. La insultava o offendeva? Jane mi disse che non faceva nulla di tutto ciò, semplicemente mi avvertì di non fare nulla di stupido. Per tirarla un po' su di morale, le dissi di coordinarsi con Mary affinché dormisse da lei quando la madre non c'era. A quel punto sarei andato a prendere la mia ragazza.

Quel momento era arrivato, era oggi.

E finalmente stavo per vederla di nuovo.

Erano solo tre fottuti giorni, ma mi erano sembrati un'eternità. A causa della sua assenza, la desideravo sempre di più. Non c'era un corpo caldo che mi abbracciasse, nessuno con cui guardare un film o fare le coccole sul divano. Niente figa calda, niente capezzoli rosa. Nessun culo sporgente. Tornavo a casa, ogni sera, in una casa vuota, dato che Ashley era ancora da mia madre. Dopo pochissimo mi sentivo solo, e non avevo intenzione di nasconderlo. Mi mancava Mary.

Accostai con la macchina nel suo vialetto, senza avere un'idea precisa, onestamente, di cosa avrei detto o fatto. L'unica cosa che ero certo di fare era assicurarmi che stesse bene. Volevo vederla, baciarla, parlarle e fare sesso con lei senza un ordine preciso. Beh, a dire il vero volevo fare tutte queste cose mentre avremmo fatto sesso. Mi mancava, ed ero preoccupato. Non mi piaceva il fatto di non poter vederla o non potermi assicurare che venisse trattata bene. Mi chiamava papà, e io questa cosa la prendevo sul serio.

Prendermi cura di lei soddisfaceva in me un bisogno di cui, fino a quel momento, non ero stato pienamente consapevole. Con mia nipote, Ashley era diverso. Sì, certo, mi prendevo cura di lei, ma essere lo zio di una bambina e essere il *papino* di Mary erano due cose molto, molto diverse.

La mia ultima ragazza seria non mi aveva mai premesso di prendermi cura di lei. Mi aveva respinto e combattuto a ogni passo, e l'avevo amata abbastanza da fare un passo indietro e darle solo ciò di cui aveva bisogno. Forse era per quello che non aveva funzionato. Avevo bisogno di qualcosa in più. Dovevo avere il controllo e sentire che stavo facendo la differenza nella sua vita. Ma la mia ex non voleva che la opprimessi o interferissi con la sua vita o le sue decisioni. Ero rimasto in disparte e avevo capito, qualche mese dopo, che per lei ero importante tanto quanto un sex toy. Ero qualcuno con cui parlare. Un amico, non un uomo.

Avevo messo in secondo piano i miei bisogni, e li stavo riscoprendo soltanto ora, con qualcuno di nuovo.

Mary.

Lei aveva bisogno di me. Lasciava che mi prendessi cura di lei. Quando la tenevo tra le braccia mi sentivo invincibile, come un vero supereroe, e non avrei mai e poi mai rinunciato a quella sensazione. Almeno non sapendo che aveva bisogno di me tanto quanto io ne avessi di lei. Certo, c'era una bella differenza di età fra noi, ma me ne sbattevo. Lei era mia. Tutta mia, da coccolare e sculacciare e far sorridere. Mia da tenere in braccio e consolare. Mia da scopare, fino a quando non tremava e sudava dal piacere.

Semplicemente... mia. E la rivolevo. La volevo per sempre.

Scesi dalla macchina e mi avviai verso il portone. Allungai il braccio per suonare il campanello, ma prima che potessi, la porta si aprì e Mary mi saltò al collo. Pelle contro pelle, sentii la sua guancia sull'incavo del mio collo. Era leggermente umida e, quando mi vide, scoppiò a piangere.

"Tesoro..." dissi, accarezzandole i capelli. Le sue gambe mi si avvolsero intorno alla vita e la portai dentro in braccio. "Non piangere. Ora sono qui. Papà è qui."

"C-come ...?" balbettò. Aveva smesso di piangere, ma era ancora a pezzi. "N-non sei mai s-stato..."

"Jane... le ho chiesto di darmi il tuo indirizzo, e mi sono assicurato di passare quando tua madre non ci sarebbe stata. Non c'è, vero?"

Mary scosse rapidamente la testa e la affondò di nuovo nel mio collo. Sentii il suo respiro caldo contro la mia pelle, e, alla sensazione di quel formicolio, non riuscii più a controllare il mio cazzo che cominciava ad indurirsi. Aveva questo effetto su di me, e probabilmente i suoi seni schiacciati contro il mio petto non aiutavano.

"Andiamo in camera mia," disse, e io mi avviai verso le scale. Mary mi indicò la sua camera da letto. La misi sul letto e lei strisciò all'indietro per sistemarsi contro la testiera. Feci lo stesso e avvolsi un braccio attorno alle sue spalle, tirandola più vicino a me.

"Non hai risposto alle mie chiamate e ai miei messaggi... Jane mi ha detto che tua madre ti ha sequestrato il telefono, ma che te lo lascia usare un'ora al giorno..." pronunciando queste parole, non potei fare a meno di inclinare le mie labbra verso il basso in un'espressione corrucciata. Ogni volta che la chiamavo o le inviavo messaggi e lei non rispondeva, avrei voluto rompere qualcosa.

"C-cosa...?" la osservai mentre i suoi occhi si spalancavano per la sorpresa. "Non ho mai ricevuto niente da te..." distolse lo sguardo per un momento, in profonda riflessione, prima di incontrare di nuovo i miei occhi. "A meno che mia madre non cancelli tutto. Non mi stupirebbe affatto. Continuava a dirmi che mi stavi usando. Che io sono giovane e inesperta, mentre tu sei così maturo e mondano. Mia madre è stata con un sacco di uomini, quindi mi sono sempre fidata dei suoi consigli in merito alle relazioni... mi ha detto che ai ragazzi di successo come te non interessano mai le ragazze come me. Che probabilmente mi hai scopata per il gusto di farlo e che presto mi avresti scaricata. Che tu vuoi delle donne di successo, indipendenti, tipe toste che sanno come..."

Soffocò quelle ultime parole, e in quel momento odiai sua madre, perché aveva giocato con le insicurezze di Mary in quel modo.

Le mie mani si serrarono a pugno ed espirai profondamente per controllare la rabbia. Per fortuna sua madre non era a casa, altrimenti avrei potuto combinare qualcosa di spiacevole che mi avrebbe fatto guadagnare l'odio di Mary.

"Cazzate," dissi velocemente. "Sei perfetta, Mary. Sei intelligente, divertente e bella. La tua risata mi rende felice e sei gentile. Premurosa."

Cominciò a piangere come una fontana, e, quando le chiesi cosa non andasse, le sue guance rosse risposero per lei.

La mia ragazza innocente aveva bisogno di un altro tipo di rassicurazione. Affondai la mia mano tra i suoi capelli e portai le sue labbra sulle mie, così da poter parlare contro di loro. Nel frattempo, feci scivolare la mano sotto la parte anteriore dei suoi pantaloni, proprio sotto le pieghe calde e umide delle labbra della sua figa, così da poter strofinare il suo clitoride. "Sei perfetta a letto. Così eccitante," affondai le dita dentro le sue calde profondità e sfregai il suo liquido contro il suo clitoride. "Così bagnata. Sei sempre così bagnata per me. Adoro fottere te e la tua dolce figa stretta". Strofinai ancora più forte e lei sollevò i fianchi dal letto, premendo contro la mia mano mentre la baciavo sul collo e la spingevo giù sul letto. Non l'avrei scopata nella sua stanza, non se sua madre poteva tornare a casa da un momento all'altro. Ma mi sarei assicurato che capisse cosa provassi per lei, quanto fosse bella e perfetta.

Aumentai la velocità della mia mano e toccai per bene il suo corpo fino a quando non cominciò a scatenarsi sotto di me, con l'orgasmo che la sconvolgeva tutta mentre inarcava il collo in un verso silenzioso.

Per dimostrarle quanto la desiderassi, non la lasciai riposare, ma ricominciai a toccarla con le dita, spingendo con decisione due dita in profondità per strofinare la base del suo grembo. Lei piagnucolò, e io presi il suo capezzolo in bocca da sopra i suoi vestiti, mordendo dolcemente mentre il mio pollice si muoveva sul suo clitoride.

"Gabe! Papà, per favore... " Quel sussurro senza fiato mi fece rabbrividire, e io ero così vicino, così dannatamente vicino a far sgorgare il mio sperma su tutto l'interno dei miei boxer che ci volle un'enorme forza di volontà per trattenermi. Il mio sperma era per lei, solo per lei. E volevo finisse nel profondo del suo corpo, così avrebbe capito a chi appartenesse, chi l'aveva reclamata. Chi desiderava lei e nessun altro, per sempre.

"Vieni di nuovo per me, piccola. Vienimi sulle dita."

Era tutto ciò di cui aveva bisogno, il permesso, un ordine dal suo papà, un posto sicuro dove stare.

L'orgasmo la attraversò, non era mai stata così bella, così

fottutamente come in quel momento, mentre mi veniva su tutte le mie dita sul suo copriletto rosa.

Quando finì, tolsi la mano e mi leccai le dita, guardandola dritto negli occhi, per farle capire che amavo tutto di lei, compreso il sapore caldo del suo liquido sulla mia mano. "Nessuna mi ha mai fatto eccitare tanto quanto te, piccola."

Tornai in cima al letto e la sollevai, la abbracciai. Era la mia piccola pallina antistress. Quel gesto, avvolgerla con le mie braccia, eliminò parte dello stress e della rabbia che provavo. "Tua madre non mi conosce. Tu mi conosci, Mary."

Lei annuì. "È solo, beh... io... non ho molta esperienza. E tu sei molto più grande e più esperto. Hai una casa, un lavoro e una vita e io non sono niente, lo sai. Una ragazzina senza valore che ha concluso a malapena il liceo".

"Questo è quello che dice tua madre." Un altro difetto nella lista degli aspetti negativi di sua madre. "Sei dolce, gentile e amorevole. Sei bella, intelligente, divertente. Dopo tutto quello che ti ho detto, non ti fidi ancora? Non mi credi ancora quando dico che voglio stare con te?"

Scosse di nuovo la testa. "Ti credo... è solo che..." fece una pausa e poi, "So che non dovrei permettere a mia madre di avere così tanto potere su di me. Sono cresciuta abbastanza da poter vivere la mia vita senza che lei mi dica cosa devo o non devo fare".

Annuii con la testa, lasciandola continuare.

"Mi dispiace, Gabe. Ho lasciato che mia madre avesse la meglio su di me. Non succederà mai più."

"Shhh..." dissi, prendendole la mano e intrecciando le mie dita con le sue. "Non scusarti o sarai di nuovo con le spalle al muro." Poi portai un dito sotto il suo mento per convincerla a guardarmi. Cominciai ad aprire le labbra. Mi sembrava il momento perfetto per dirlo, lì, circondato dalla sua vecchia vita mentre decidevo di offrirgliene una nuova.

"Ti amo, Mary. Dico sul serio."

Un sorriso come risposta sarebbe stato più che sufficiente, ma Mary mi dava sempre molto più di quanto chiedessi. "Ti amo anch'io. Papà".

EPILOGO

ary

È bello poter associare finalmente il tuo viso al tuo nome. Ho sentito parlare così bene di te!" disse fiera Bethany in piedi davanti a me, nella sua uniforme militare. Non era stata a casa per molto, eppure già mi mancavano i miei giorni con Ashley. Ma ora che ero nel programma di insegnamento e lavoravo all'asilo, dovevo ammettere che non avevo più molto tempo per fare da baby-sitter ad Ashley.

"E davvero, ti sei presa cura di mia figlia quando avevo specificamente detto a mio fratello di farlo? Ti amerò per sempre!"

Non potei fare a meno di scoppiare a ridere. "Ashley è un piccolo angelo. Siamo andate d'accordissimo, non è vero scricciolo?" chiesi alla bambina che giocava sul pavimento. La sorella di Gabe era un personaggio, e dal suo modo di fare e parlare, vedevo tante somiglianze con suo fratello. Entrambi amavano scherzare, su ogni tipo di argomento, ed era ancora più divertente quando lo facevano l'uno con l'altra. Erano passati solo dieci minuti, e già erano riusciti a farmi sbellicare dalle risate – risate davvero poco femminili. Il che mi faceva ridere ancora di più.

Quando la festa finì, due ore dopo, avevo le lacrime agli occhi, le guance mi facevano davvero male per tutte quelle risate.

"Le uniche lacrime che piangerai da ora in poi saranno lacrime di gioia, va bene?" disse venendo verso di me dopo che era riuscita a salutare i vari amici e parenti che aveva invitato. Ora eravamo in piedi nel soggiorno, in quello spazio vuoto, stranamente vuoto, circondati soltanto dai membri più importanti della famiglia, come se fossimo tutti in silenzio, un silenzio quasi sciocchante. Ma Bethany sorrise e mi abbracciò forte. "Giuro, se mio fratello ti farà del male, se la dovrà vedere con me!"

"Aspetta, cosa?!" esclamò Gabe. "Non dovresti proteggere me? Sono tuo fratello!"

Ci facemmo tutti una grande risata prima che Ashley arrivasse correndo verso di noi, chiedendo a Bethany di prenderla in braccio. In un attimo, Ashley fu tra le braccia di Bethany e poi sulle sue spalle. Quando girai la testa per cercare Gabe, lo vidi lì, in ginocchio davanti a me.

Eravamo al centro della stanza, la sua famiglia intorno a noi in cerchio. Mi voltai per guardare Bethany - questa doveva essere la sua festa di "Bentornato", ma aveva un sorriso sapiente sul viso, un sorriso che mi fece cominciare a tremare mentre mi voltavo per guardare in basso l'uomo che amavo, in ginocchio davanti a me.

"Mary, ti amo. Sei la luce nella mia vita, mi rendi più felice di quanto avessi mai pensato di poter essere. Mi vuoi sposare, piccola?" chiese, e riuscii soltanto a fissarlo, incredula. Aveva la mano tesa con un anello in una scatolina, ma io ero troppo accecata da lui e dalla sua proposta per poter dare anche solo un'occhiata all'anello. Sapevo quale sarebbe stata la mia risposta. Ne avevamo già parlato, avevamo iniziato a fare progetti per il futuro. Questo era ovviamente il passo successivo, ma non avrei mai immaginato che sarebbe successo così. Gabe in ginocchio davanti a tutti che mi chiedeva di diventare sua moglie.

Il calore mi si riversò sul viso e mi sentii stordita, in preda alle vertigini per la felicità, mentre cercavo di ricordare come si parlasse. La mia risposta venne fuori confusa e un po' forzata mentre spingevo le parole a superare il groppo in gola.

"Sì! Sì, ti sposerò!"

Allora la sua famiglia ruppe il silenzio attorno a noi con un caloroso applauso mentre Gabe fece scivolare l'anello sul mio dito, si alzò, e mi trascinò via, lontano da tutti. Nel momento in cui fummo soli nella sua sala da pranzo, con le porte scorrevoli chiuse, mi spinse contro un muro e mi nascose il naso tra i capelli, il collo, i suoi respiri caldi e pesanti contro la mia pelle che mi facevano venire la pelle d'oca. Mi eccitai immediatamente, i muscoli della figa cominciarono a contrarsi, avevano disperatamente voglia di sentirlo dentro.

"Stai per diventare mia moglie."

Potei solo annuire a quelle parole.

"Porterai in grembo il mio bambino."

Non potei fare a meno di sorridere ampiamente, da un orecchio all'altro, poi annuire di nuovo.

"E cominceremo a darci da fare proprio adesso."

Rimasi senza fiato quando mi sollevò, mi spinse contro il muro, si slacciò la parte anteriore dei suoi pantaloni e mi riempì con il suo cazzo duro. L'avevo provocato tutto il giorno dicendogli che non indossavo biancheria intima, e rimasi scioccata ed elettrizzata, era così caldo e umido che la sua dura lunghezza scivolava dentro di me come se fossimo fatti apposta per stare insieme.

"Si papà! Sì." Sussurrai quelle parole che sapevo lo avrebbero reso duro, caldo e incontrollabile. Mi sentivo selvaggia e totalmente amata, e volevo che lui fosse altrettanto selvaggio, altrettanto desideroso.

La mia smania per lui, il desiderio che prendesse il comando era una delle cose che adorava di me. Ero pronta a tutto, e non mancava mai di dirlo. Avere una relazione con lui era semplice, naturale, come avrebbe dovuto essere. Non discutevamo mai, perché sapevamo come comunicare. Quando incontravamo un ostacolo, ci coalizzavamo contro il problema, lo combattevamo invece che lasciarci sconfiggere da lui. Collaboravamo, in modo molto eccitante per certi versi. Rendemmo le nostre vite più facili e più divertenti, e anche se ero giovane, sapevo che questo tipo di amore era raro.

"Sto per venirti dentro... ti riempio..." disse, spingendo dentro e fuori e iniziando a mantenere il ritmo. "Un giorno porterai in grembo il mio bambino. Creeremo qualcosa di così bello insieme... "

"Ti amo, papà" fu tutto quello che riuscii a dire. Non avevo mai pensato che avrei avuto una relazione perfetta. Avevo visto tutte le relazioni fallite di mia madre, ed ero stata desensibilizzata all'idea che potesse davvero esistere una relazione perfetta, ed eccomi qui invece, nella perfezione.

"Io ti amo di più," rispose Gabe, e dopo quelle parole, prese a spingere sempre più forte e cominciò a massaggiarmi il clitoride. Mi colpì implacabilmente, le mie unghie si conficcarono nella sua schiena e i miei denti nel suo collo, per impedirmi di urlare. La sua famiglia era a pochissimi passi di distanza, ed eccoci qui, entrambi in procinto di andare oltre il limite.

"Sto venendo, Gabe... Sto per..."

"Veniamo insieme, piccola", disse, stampando un duro bacio sulla mia bocca. "Insieme."

Soffocò il mio grido con il suo bacio, il suo sapore sulle mie labbra era paradisiaco, e intanto il suo corpo sobbalzava e pulsava dentro di me, la mia figa risucchiava ogni sua goccia, esigeva tutto il suo sperma.

Certo, ero sua, ma anche lui era mio, e col suo cazzone dentro di me, il suo corpo tremolante e vibrante, il suo anello al mio dito, in quel momento tutti i dubbi, tutti quegli anni di insicurezze e incertezze volarono via, fuori dalla finestra, ed ora ero a casa. Davvero, davvero a casa tra le braccia di Gabe. Il mio papino.

Avevo deciso di buttarmi a capofitto nel mio desiderio, nel voler perdere la mia verginità. Mai avrei immaginato che sarei riuscita ad ottenere il mio lieto fine.

Leggi La Sua Sporca Vergine ora!

Ryan è un ragazzaccio, la pecora nera di una delle famiglie più ricche della città. Ma si è allontanato da quella vita, ha scelto un'altra strada. Moto. Tatuaggi.

Poi c'è Taylor. Dolce e pura. La farà diventare una sporcacciona. È sua ora, e non la lascerà mai andare.

Leggi La Sua Sporca Vergine ora!

LIBRI DI JESSA JAMES

Cattivi Ragazzi Miliardari
Una Vergine Per Il Miliardario

Il Suo Miliardario Rockstar

Il Suo Miliardario Misterioso

Patto con il Miliardario

Cattivi Ragazzi Miliardari - La serie completa

Il Patto delle Vergini
Il Professore e la Vergine

La Sua Tata Vergine

La Sua Sporca Vergine

Il Patto delle Vergini: La serie completa

Club V
Lasciati andare

Lasciati domare

Lasciati scoprire

Fidanzati per finta

Implorami

Come amare un cowboy

Come tenersi un cowboy

Una vacanza per sempre

Pessimo atteggiamento

Pessima reputazione

Ancora un altro bacio

Chiodo scaccia Chiodo

Dottor Sexy

Passione infuocata

Far finta di essere tuo

Desiderio

Una rockstar tutta mia

ALSO BY JESSA JAMES

Bad Boy Billionaires
A Virgin for the Billionaire
Her Rockstar Billionaire
Her Secret Billionaire
A Bargain with the Billionaire
Billionaire Box Set 1-4

The Virgin Pact
The Teacher and the Virgin
His Virgin Nanny
His Dirty Virgin
The Virgin Pact Boxed Set

Club V
Unravel
Undone
Uncover
Club V - The Complete Boxed Set

Cowboy Romance
How To Love A Cowboy
How To Hold A Cowboy

Treasure: The Series
Capture

Control

Bad Behavior

Bad Reputation

Bad Behavior/Bad Reputation Duet

Beg Me

Valentine Ever After

Covet/Crave

Kiss Me Again

Contemporary Heat Boxed Set 1

Handy

Dr. Hottie

Hot as Hell

Contemporary Heat Boxed Set 2

Pretend I'm Yours

Rock Star

The Baby Mission

L'AUTORE

Jessa James è cresciuta negli Stati Uniti, sulla costa orientale, ma è sempre stata affetta da una grande voglia di viaggiare.

Ha vissuto in sei stati, ha svolto tanti lavori ma è sempre tornata dal suo primo vero amore – la scrittura. Lavora a tempo pieno come scrittrice, mangia troppa cioccolata fondente, ha una dipendenza da caffè freddo e patatine Cheetos, e non ne ha mai abbastanza di maschi Alpha e sexy che sanno esattamente cosa vogliono – e non hanno paura di dirlo. Uomini dominanti, Alpha da amore a prima vista, sono i protagonisti delle storie che ama leggere (e scrivere).

Iscriviti QUI per la Newsletter di Jessa:
https://bit.ly/2xIsS7Q

www.ingramcontent.com/pod-product-compliance
Lightning Source LLC
LaVergne TN
LVHW011850060526
838200LV00054B/4263